［百花谭文丛］

陈子善·主编

灵气回响

陈建华／著

天津出版传媒集团

百花文艺出版社

图书在版编目（CIP）数据

灵氛回响 / 陈建华著. -- 天津：百花文艺出版社，2014.8

（百花谭文丛）

ISBN 978-7-5306-6458-2

Ⅰ.①灵… Ⅱ.①陈… Ⅲ.①散文集-中国-当代 Ⅳ.①I267

中国版本图书馆CIP数据核字（2014）第153697号

责任编辑：徐福伟
装帧设计：郭亚红　责任校对：魏红玲

出版人：李华敏
出版发行：百花文艺出版社
地址：天津市和平区西康路35号　邮编：300051
电话传真：+86-22-23332651（发行部）
　　　　　+86-22-23332656（总编室）
　　　　　+86-22-23332478（邮购部）
主页：http://www.bhpubl.com.cn
印刷：天津市银博印刷技术发展有限公司
开本：787×1092毫米　1/32
字数：68千字
印张：6
版次：2014年8月第1版
印次：2014年8月第1次印刷
定价：25.00元

目　录

附　录

自 序

刚从上海回来,又是一种好久没回家的感觉。每次总是那么匆匆,想去的地方没去,想见的人没见到。此前电子邮件(E-mail)里说好好的,这次一定要聚一聚,结果还是违愿。

老父说,从前住过的虹口老房子还没有拆迁。其实去年年头上我同内子已去找过一次。在七浦路上,幼时与外婆住过一阵。记忆中一栋日式房子,前面有个草坪。那天下午在那里兜来转去,踪影全无,连方位也吃不准,整个街道全变了样,那一排商铺应当是那个旧址吧。我望着内子,满脸歉意,她却兴致依然地面对着陌生的周围。我们来到四川路口,恹恹地,阳光特好,人特多。向苏州河望过去,烟尘滚滚。

想想觉得自己吊诡。真的存心要去看老房子,早就可问老父,他知道几弄几号。说实在没什么大不了的,自己也不见得很怀旧。照弗洛伊德的说法,见与不见之间或许有什么东西梗着,是一种后射的欲望,或是恐惧在隐隐作怪?

在课堂上讲《论语》,"子曰:仁远乎哉?我欲仁,斯仁至矣。"于是大讲特讲历史上孝子贤孙志士仁人,当仁不让,大有天下无我而塌陷之慨,突然一阵语塞,舌头打结,圣人的话果真这么灵验吗?脑子里好像涨满了水,灭了灯。学生们只见我的眼珠朝上翻,一下子翻不下来。

在上海生斯长斯四十年,然后出了国,然后来到香港,一晃二十多年过去了。

过去于我渐行渐远,一片芳草地,绿色越来越暗。回想起来,最温馨的莫过于童年记忆,与母性有关。大冷天里外婆冲的汤壶子,塞在被窝里,早上汤壶子冷了,感觉到外婆温暖的脚。过年大姆妈家里的砂锅,掀起锅盖,油亮的老母鸡汤,上面铺着冬菇、冬笋和发菜。还有做了让母亲生气之事,吃了她的藤条,听她说从前有个少年,犯了法要被砍头,刑场上说要吃一口母亲的奶,结果把她的奶头咬掉了,怪她只知道宠他……

母亲过世周年时,子女们从五湖四海聚在一起,夜话母亲生平点滴,也讲到小时候的许多趣事,我大多已记不起来。又讲起同孚路(母亲叫"同孚路",不叫"石门一路")老房子的左邻右舍,从前我叫阿姨爷叔的,大半已经物故,这些在我听来总觉得隔了一层,方明白这些年来回上海,已然是一个过客。同孚路拆迁后,老父弟妹等搬到闵行附近,离开市中心黄金地段,不由得感喟,穷达各有命定,然而现在住得毕竟要宽敞亮堂得多,谁也不想回到过去。

有时经过石门一路,两边都已拆清。围墙围起来,像白色的屏风,里面工程正在进行,如火如荼。

但记忆的碎片犹存。外婆给了二分钱,于是去路口拐角的小书摊,一分钱可借两册,坐在细条长凳上看,看完了就发呆。那时的小人书还画得很粗糙,不像后来赵宏本的《三国演义》、王叔晖的《西厢记》,画得那么工笔而写实。那些古代打仗的画面,马上将军的头被一刀砍下,头颅掉在地上,一缕血飞溅出来,看多就生厌了。有一回看到一个外国科幻故事,好人发明了新式武器,操纵着电气,从一幢楼通到另一幢楼,串到楼顶,就把楼炸了,好多坏蛋都死了。看完之后长长地发呆,从来没有那么兴奋过。

童年之于文字有一种永久的魅力。像柏林之于本雅明,上海之于张爱玲。在海外的日子里,读他们的东西,在浇灌乡愁之余,像孩子赌气对自己说:我也写得出来的。

然而逝水流年，马不停蹄忙这忙那的，无非为稻粱谋，我的记忆似乎变得愈漂泊起来，发呆的机会也愈稀少了。

本雅明的《1900年之际柏林童年》，薄薄的一册。为此他写了五六年，有四个不同的版本。在自我放逐中意识到再也难返那个曾经朝夕与共的城市，他与记忆的书写格斗。像普鲁斯特把过去的碎裂图像编织成每个人可从中发现自己身影的锦毡，本雅明把儿时印象剪辑成一幅幅柏林风景画，似乎在见证一个时代的集体记忆。在往日的缤纷回忆中捕捉历史定格的瞬间，该是在捕捉他的梦寐以求的"灵氛"吧。

对于本雅明的著作，最引人兴味的莫过于他的"灵氛(aura)"一词。他自己也为之着迷，不断浮现在他的文本之中，扑朔迷离，难以界定。"灵氛"像是西斯廷大教堂穹顶上米开朗琪罗的画，代表着独一无二的真迹；又像是远山依稀的树影，蒹葭苍苍，伊人可望而不可即。那是一种理想美的境界，即使在技术复制的时代不见得就此完全消逝，它会闪现于不经意处，如在阿热特的摄影镜头中，巴黎的一角街景，一片荒芜的隐喻，或如电影的"作者印记"中，一种超越了机械操作的结果。

我喜欢张爱玲在上海写的东西，如早期照相银粉晕黄的底色里，萦绕着鸦片烟般的"灵氛"，透过沪港双城的珠帘叠影，幽灵们一个个活得精彩。她后来的写作犹如在复制"灵氛"，毕竟时过境迁。《半生缘》里曼桢说："世钧，我们回不去了。"这一句五内震裂，灵光顿显，道尽她在大洋彼岸的离散之旅中乞灵于回忆与书写的艰辛。

搜索自己的老照片，虽非烬余，犹如花果飘零，所剩无几。回想起那一段日子，整个社会刚浸润在"红海洋"里，自己却成了个"逍遥派"，不时与三两同志，带着方镜照相机在淮海路以西，即旧时法租界一带探胜寻幽，在窗户砸碎的洋房、荒芜的庭院之间徘徊流连。主人被扫地出门，新的主人还没有入住。我兴致不浅，故作姿态，在同行者宽容或纵容下，摄下我的"颓废"造像。

发现几张都是在黄浦江畔照的，背景都是海关钟楼。这似乎是自然的，作为上海年代的象征，这海关大楼的钟声与我晨昏相处。从虹口到石门一路，从咿呀学语到长大成人，有多少不寐之夜与梦醒之际，倾听这钟声，飘来荡去不觉年轮辗转。

凝视着这些照片，耳旁仿佛响起一个"灵氛"的召唤，脑际浮现出江畔的钟楼，像孤独的时间之流的守望者。不禁低吟起自己在 1967 年写的诗句：

像一个变换黑衣白衫的怪影，

大笑着从空中逃遁。谁能留住你

——匆匆的熟客，你使伟人们

心力交瘁，徒然悲泣。

我伫立在暮色中，怀着哀愁，

倾听这钟声，像失帆的小舟

在宏大起伏的波浪上颠簸，

无奈凝视着空空的双手。

华年不再，沧海难为，"空空"的感觉依然如故！本雅明的"灵氛（aura）"一词有多种译法，有的译作"灵光"，有的作"光晕"等，我更喜欢"灵氛"，对我另具一种通向远古的蛊惑，尽管自知做不了"上下求索"的醒世者。

这本小书于我意味深长，收入几篇写上海的文字。关于七十年代的几篇，部分收入已出版的书中。后来又写了几篇六十年代的，都刊登在《书城》上，大多作为 2006 年花城出版的那本《诗选》的延伸。那一阵子在教学与研究的挤压中写了这些闲文，急就章无暇推敲，聊以纪实而已。

写上海的文字完成于 2000 年，一直搁在抽屉里，前年发表于《上海文学》。《地下的浪漫："文革"初期上海的一个诗歌聚会》一文在 2003 年芝加哥亚洲年会上宣读，是为译稿，涉及一些朋友，也算我个人的文学记事，姑作为附录。

2013 年 3 月 8 日于香江将军澳居所

辑 一

福州路旧书店

　　摩登上海可说是源起于福州路，清末以来属英租界地面，也叫四马路，其间酒楼、茶园、烟馆、妓院林立，却也是戏院、报馆、书店、墨庄的营聚之地，向有文化街之称，盈溢着不中不西颓荡的气息。1949 年之后，烟馆堂子之类的当然被一扫而空，但报馆、书店仍在，虽然所剩无几，且都是公营的。经过几番思想运动和阶级斗争的暴风骤雨，社会主义改造渐入大同佳境，然而在六十年代中期，像我这样在红旗下成长的青年，却斗志消沉，寻寻觅觅，在福州路的"上海旧书店"里"淘宝"，如一头丧家猫怀着隐秘的希冀，踯躅在文学探险的途中，在幽暗的角落嗅辨前贤往哲的遗踪，寻觅"比冰和铁更刺人心肠的快乐"，给创伤的心灵涂抹片刻的抚慰。

　　这个文学青年，不幸的是社会主义的阳光与雨露并没有把他培育成天天向上的苗苗，在他的心灵中，精神的巨厦与理想的乐园几乎是残垣断壁。由于自小孤僻，加之与社会愈益疏离，甚至更觉得周围充满了敌意。他不怨天尤人，也不对抗社会，只是愈阴郁沉默而沉溺于想象世界之中了。不过他那种孤芳自赏似乎并没导致绝望和毁灭，在狂想与好奇的满足中，在自我镜像的文字表演中，在期盼某种理想的观众，于是仍具有一种公共沟通的欲望，那或许是一种新的、属于个人的写作伦理吧。

1966年春，正是在旧书店里，我和朱育琳、钱玉林、王定国、汪圣宝他们认识。我们常聚在一起，谈论文学、翻译和创作。不久"文革"猝然而至，浸泡在大字报、造反有理、文攻武卫的红色海洋里，但我们仍然忘乎所以，晤言一室，更有一番偷食禁果的兴奋和疯狂，甚至像一班东林书生，议论朝政，痛斥奸佞。然而好景不长，到1968年夏，无产阶级专政的铁拳终于朝我们头上落下来，一个个被关押、拷问……最惨的是朱育琳，因为比我们年长，被当作"教唆犯"而遭严打，据说他是跳楼自杀的，终年仅三十七岁。

在1993年，值朱育琳辞世二十五周年，我写了一篇追念之文，发表在海外的一个文学杂志上，后来被译成英文和日文。最近有朋友说,在《红坟草诗传》①中,关于朱育琳和我们文学小圈子的情况讲得不清楚,我方明白当初自以为已经写过那一段,诗传中就写得较简略。现在再写这一段,有些新的回忆和反思,或更正个别不确之处,虽然叙述中少了些愤慨,也少了些色泽与气氛。那似乎是自然的,时间流逝愈远,记忆愈模糊,像一沓老照片给风干的血迹粘在一起,不同的时空互相重叠,分辨不清,方明白张爱玲写《小团圆》,无奈中只能求得自我的真实。

这两年多毕竟是我生命中最难忘的一段,不仅因为青春岁月被文学赋予其意义,也因为为之所付出的代价——在漫长的日后背负沉重的记忆,从中轮番压榨出痛苦、欢乐与愧疚。回头看,那是历史大叙事中的一朵小浪花,却不无讽刺。到六十年代,社会空气越来越卫生起来,而在福州路上的旧书店里却沉渣泛起,散发着"封资修"毒素,我们的文学小圈子就像一个"毒瘤",那都是代表某种私人空间的,被"文革"连根拔起,也足见其高瞻远瞩的。朱育琳被抓,靠的也是公领域的法力无边,那是在仁济医院找到了他的病历卡,上面有他的住址,于是把他捉拿归案。

---

① 见《陈建华诗选》,花城出版社。

越具艺术性的作品,就越有毒素。这句话让我一再琢磨:为什么"艺术性"有那么大力量? 在当时黑白分明的文学史著作里,总有不少早被点名批判的,如徐志摩、李金发等,是冲在头里的,批评家也常引用这条作为批判的武器。没想到这些名字盘踞在我的脑际,想找他们的作品来看,这个"艺术性"到底是怎么回事,结果是中"毒"愈深了。

这是上海最大的旧书店,各类图书一应尽有。在文学书架上,多的是《卓娅与舒拉》《钢铁是怎样炼成的》之类的前苏联小说,有革命回忆系列《红旗飘飘》等,这些唤起我们少年时代的阅读记忆。有许多像《暴风骤雨》《上海的早晨》等,也束之高阁。对这些革命小说早已熟悉,上初中时,学校在茂名南路上,出校门右拐数百步到南京路,过马路即是少年儿童图书馆。那时新小说纷至沓来,《林海雪原》《青春之歌》《野火春风斗古城》《铁道游击队》……凭一张外借卡一本本读过去。

其实这些小说大多属于"革命加恋爱"的类型,动人心肝的不消说是书中的恋爱部分,直看到《苦菜花》,稍许的情色描写便把气血不定的少年之心搅乱了,也使许多革命小说为之逊色。从前梁启超把《红楼梦》斥为"海淫",小说家很不高兴,岂不要断他们的粮?梁氏的说法不无道理,多半是针对少年读者的,虽然看看也罢了,不至于看了就心术变坏。

书架上品类多寡及流通快慢能反映一般的阅读趋向。除了大量前苏联或十七年文学,如狄更斯的《老古玩店》《匹克威克外传》,或屠格涅夫的《罗亭》《贵族之家》等,还是旧时的版本,也少人问津。有的我不一定读过,也不见得对现实主义全没了兴趣,比方说对于傅雷翻译的巴尔扎克便爱不释手,像陀思妥耶夫斯基的《穷人》也令人击赏。这类书一上架的话也很快被人捋走。

一进旧书店,就跑去中间几个书架,常有新上架的。特别在星期天,书店知道它们抢手,放得比平时多。像我们这样的新老旧少也大有人在,在门口等九点一开门,就拥到那几个书架前,一时间人头攒动,来不及细看,有时情急,先合抱捧一堆,就不免遭骂了。

朱育琳是曾经沧海,偶尔觅得中意的,有一回见他拿了本《蔷薇园》,一本波斯文学名著,我们也好奇。朱育琳身上充满了谜,不光是行踪神秘,他生活过三四十年代,我们从教科书知道那是血与火的时代,混杂着混乱、腐败和希望。他对过去的文学记忆着实惊人,娓娓道来如数家珍,好似掌握着一幅文学海图,我们急欲一窥其究竟而扬帆远航。钱玉林嗜书如命,涉猎极广,和朱育琳一样,也喜欢外国古典,见他们对于《罗摩衍那》和《吉檀迦利》交口赞誉的情景,令我暗中羡慕。而我是比较偏锋,倾向于感官刺激的,更关注欧陆,主要是法兰西文学。

从福州路上得到的一些书,至今难以忘怀。举几本印象深的,如《梅里美小说集》,忘了译者。嘉尔曼(即卡门)的火辣性格及悲剧性给我带来震撼,而"伊尔的美神"的哥特式诡异而神秘的故事则令人惊悚, 又觉得很美。贡斯当《阿道尔夫》和法朗士的《泰依斯》都讲爱情与死亡的故事,在我心头引起阵阵颤动。王尔德《快乐王子集》,巴金的翻译语言也很唯美,跟他的小说风格判若两人。《番石榴集》是朱湘翻译的西洋诗集,总之译得太工整,但魏尔伦的《秋之歌》则形神皆至。梁宗岱的《水仙辞》,一册线装刊本,宣纸上铅字直排,瓦雷里被他翻译得古色古香,就像把他的名字译成"梵乐希",先是产生一种近乎恐惧的怪异感,但愈读愈受了蛊惑。

莫泊桑写过五六部长篇小说,但是十七年里只出过李青崖翻译的《一生》,从图书馆借来读过,而在旧书店得到《两朋友》,尤其是《如死一般强》和《我们的心》,方领略到现代巴黎的颓废情调,等于得到另一个莫泊桑。大部头的很少买,仅有傅雷翻译的《约翰·克利斯朵夫》四册一套。"文革"刚开始时,父亲单位来抄家,把我的书拿走一部分,其余装在一个大衣柜里,贴上封条了事,因此逃过一劫。后来我自己东窗事发,厂里工宣队到我家,把这些书都抄走,放在局机关的阶级斗争展览会上当作活教材展出。

现在手中还留着两本。一本是艾青编的《戴望舒诗选》,乳黄色封面,薄薄一册,人民文学版,1957年印了七千册,次年添印至一万八千五百册,其时艾青已被打成右派分子。(这个印数倒使我看不懂了,不知今天的诗人们会怎么想,那还是个文学遭殃的时代啊!)此书是我的至爱之一,《雨巷》不必说,像《我的记忆》《村姑》等,那种音调和气息渗透到我的骨髓,一下子把我从徐志摩、闻一多的帐篷里拉了过去。另一本是何其芳的《预言》,文化生活的版本,1949年第三版。当时《画梦录》也在手边,我在太仓浏河的工地上,夜间徘徊于草泽溪边,仰望星空,有这两本书做伴,反复沉吟那些哀婉渴恋的篇什,小资情调大大培养了一番。

"文革"前外国文学出版得不算少,一般在图书馆也能借得到。莎士比亚、拜伦、雪莱、济慈、雨果、海涅、托尔斯泰等,从文艺复兴到启蒙时代的经典作家差不多全了,然而十九世纪后期以来的"现代主义"戴着"资产阶级"的帽子，就很少介绍了。对于中国现代文学也是如此，五十年代中期编过一套"五四"作家的选集，封面一律白色或暗绿色，当然经过一番严格的甄别，凡属"不革命"或"反革命"的作家都一概排除。如《预言》和《画梦录》是何其芳的早期作品，后来被他自我批判而扬弃，当然也不再收入他的选集或其他新诗选本中。

去福州路淘宝，主要是找那些绝版的旧书。旧书店确实是个意识形态的漏洞，但说"沉渣泛起"是相对而言，其实能上架的书，也有一定筛选尺度的，像胡适、梁实秋、胡风或者像"鸳鸯蝴蝶派"的旧小说，是看不到的。反而大约六十年代初，在南京路上食品公司、人民公园门前还见到过一些卖旧书的地摊，大咧咧地放着《飘》《蜀山剑侠传》《风萧萧》乃至冯玉奇的小说，不过也还算不上"黄"货的。

走出旧书店，阳光仍然灿烂，对面是古籍书店，也是我们必要去逛的。走进店里，清凉扑面，不到秋天，就会觉得一股阴气。这里来的人少，也总是安静，传统的河床依然慢慢地流淌。四周书架上满是有匣没匣的线装书，中间大桌上摆满了四部丛刊或四部备要的散本，像清库甩卖的样子。我买最便宜的四部备要本，如《资治通鉴》一百册，只要十块钱，拎回家却费事。还有平装的十六大开本，一厚本七八毛钱，什么唐诗宋词、诸子百家、二十四史，鸡零狗碎地买了一大堆。我心爱的李长吉、李义山、贾长江、周美成等，就是这种本子，因为便于携带，但纸质松脆，翻着翻着就书页脱落了。

文学"小集团"

多年前我自编过一本诗集,请钱玉林写序,其中一段话颇能概括我们文学聚会的情况:

> 我认识陈建华大概在 1966 年春初,天气寒冷,景物萧条。由于对于诗歌、文学的爱好,我们和几个年轻的朋友常常聚会在一起。那是一种相濡以沫的聚会,像在寒冷的暗夜中背靠着背,围坐在仅有的火堆旁以等候黎明一样。这火堆便是文学与诗。怀着爱情,怀着希望,在绝望中又不甘心于绝望,我们痛苦地歌唱。而这痛苦是深广的,它首先不是因为个人的命运……

钱玉林住在山西南路上,就在旧书店左近,我们常在他家里聚会。一个他父亲经营旧绒线翻新的店铺,他和家里人不下七八口,住在后面仅十五六平方米白天要开灯的房里。钱玉林比我们年长五六岁,个儿不高,头部比例显得略大,棕黝的脸,两腮微鼓,络腮胡子刮得青青。他常是温儒的,厚嘴唇宽恕为怀,然而当他表示愤慨时,便在一副黑色边框眼镜后面对你作斜睨,眼白朝上翻,《世说新语》中阮籍的"白眼"大约就是这样。常常是谈天说地到兴奋处,会掏出个橡皮喷雾器,握在手中几不被察觉,动作熟练地朝喉咙喷几下。因为从小患上气喘病,数度休学,与文学结缘,天生养就其慷慨悲歌的性格。

玉林热爱诗,热爱生活,生平不如意,便善于做梦,向往纯洁的爱情和伟大的理想。我和他一样都醉心于浪漫主义,虽然路向各别。他取的是向上一路,与惠特曼、普希金、拜伦、海涅、李太白、辛弃疾为伍。虽然中国的诗学里,"豪放"与"婉约"从来是互补的,玉林自称为"江南文化"的后裔,在他的许多诗中,讴歌爱的痛苦与渴念,是以柔情蜜意来衬底的。我想在很多地方他的诗是启蒙时代以来浪漫主义的嫡传,正由于对于当时假大空的诗风产生厌恶,因而转向个人内心的抒发,是有拨乱反正的意味的。

钱玉林也是个有形有则的学人,他对古典的娴熟远胜于我。"文革"后一直在上海辞书出版社工作,成果丰硕。现已退休,仍坐拥书城,一编在手,偶然兴至,在名流著作中扳扳错头、捉几只老白虱。他在八十年代主编过一百八十万字的《中国传统文化大辞典》,最近改由上海大学出版社重出新版了。

定国显得瘦削细气些,鼻梁略高,一双灵动的眼睛。他出身劳动人民家庭,在我们中间最根正苗红。他读过许多外国文学,尤喜俄罗斯文学,对于莱蒙托夫情有独钟。他健谈,评论某作家某作品常有隽言妙语。圣宝长得肥嘟嘟的,话不多,擅长绘画,有时趁我们高谈阔论之际,在一旁画幅速写,寥寥数笔,形神俱得。已经好多年没见他,听说前数年开过画展,油画国画各类画种都有。

汪圣宝住在延安中路上,靠近西藏路大世界,临街的店面房间,家境比较不错。有一回钱、王和我在他家里,我带去两张唱片,他有唱机,那已经是"文革"开始之后,所以是一次偷乐。一张题为《秋叶》的管弦乐,不知哪国的,作曲家叫卡留欣斯基。曲子勾画出一幅秋风萧瑟的景象,树叶片片在风里回旋作舞,伤感的旋律里不愿坠落于地的感觉,正道出我们遗少般的心境。没有一个人想说话,只是把唱片放了又放,任凭一再地回肠荡气。另外两首是罗马尼亚歌,翻译过来的,由男中音唱。叫《河岸》和《玫瑰与柳树》,也是哀伤惆怅的情调。

《外国名歌200首》是一本稍厚的袖珍书,流行于"文革"之前,却在"文革"中不知从哪里来到我身边,给我带来很多安慰。另外我自己订了一个小册子,如果发现该书没收的外国歌曲,就抄下来。碰巧这两首罗马尼亚歌都有谱子,和唱片附带着的。为增加点气氛,不妨录一首《河岸》:"河里长满了绿色的野草,/河里长满了绿色的野草,/它使鸭子迷失了道路。/在那天空,/在那天空,/正吹拂着微风,/微风带来了鱼的腥味。/啊,温柔的微风。/远处漂来了帆船,/这是几只白色的帆船;/近处木船它不停地摇摆、摇摆。/当我抬头瞭望,/它们已经远远去了。/愿我的灵魂,/随着它的消失。/啊……啊……"

是不是很低迷,很颓废?

钱玉林他们在光明中学读书,该校是沪上老牌中学之一,都是校中的才俊之士。那时我在一个港务工程学校里半工半读,一个礼拜在浦东的学校里读电工专业,一个礼拜在黄浦江沿岸各单位实习。周末回家,文学成了我的麻醉品,去福州路上了瘾,走进他们的圈子,诗成了信物。在我最初给他们看的诗中,有一首写于1965年的《秋姑娘》:"蝙蝠的翅膀旋舞在古庙前,/琉璃瓦檐的水珠,一点一滴。/……暮色朦胧了,我还恋恋地徘徊,/等待秋夜的来临。/当如珠的明月垂顾我时,/我将低声倾吐我的相思。"发现我也写十四行,歌吟的无非是爱情或死亡,加上古典的成分,于是视我为同道。

这样的诗也表明离异于当时的主流诗坛,且已经走得够远。的确,我们变得偏激起来,对于过去曾经倒背如流的诗人作品觉得无味,不屑一顾了,对于自命为歌德的某人更生反感。二三十年代的文人,没几个能入眼的。说起曹禺,除了《雷雨》,对他的后期作品颇表惋惜。"文革"之后,那些受批判的无不得到青睐,如邓拓"长发委地"之类的杂文,在"趣味"的认同中带有政治成分了,而田汉的《关汉卿》则引起我们深深的敬意。

事实上在"文革"前的一段时间里,文坛变得更单一,社会空气也更收紧。我们既无高远的志向,也没想到要宣言什么,只是盘缠在一个角落里,好像哼哼唧唧,自得其乐,然而在孜孜不倦地追索艺术的真谛之中,在嗜洋好古的道上远足既久,无形中回到世界文学的怀抱,遂生成某种衡量不朽的标尺。

朱育琳是我们的灵魂人物,每当他到来,话题便朝他——他腹中之物——打转。他无所不晓,妙语连珠。他个子瘦长,衣着平常,不讲究也不邋遢,一个谦谦君子,戴一副普通的眼镜,眼中炯炯有神,蕴含特有的儒雅和恬淡。钱玉林说他像卡夫卡,确实像,只是面庞清癯,略带病态,苍白的手指间夹着烟卷,一个经典姿势是:烟持在嘴边,未吸,眼神停格,似乎在记忆里搜索着什么。他抽极廉价的"勇士牌"香烟,一毛三分一盒,烟梗子多容易熄火,因此不得不猛吸,而他自嘲说:"好汉吃勇士。"

直到他死后,我们始终不完全清楚他是谁。他飘然而至,倏然而逝,消失在街上。按照他自己提供的信息:原是学文学的,四十年代末他在北大西语系,师从朱光潜先生,毛估估也是三十年代初出生的了。后来又在上海同济大学攻读建筑学,毕业后被分配到新疆工作,因病返沪休养在家。这听上去有点曲折了,在他情不自禁地流露的爱憎里,我们感觉到他的内心深藏着什么难言之隐的事情。但他从来不谈他的过去,有时我们背后议论,谁也没有去打探。他精通英语、法语,就足使我们惊叹。有一回钱玉林在翻阅一本英语诗选,内中有朗费罗的《人生礼赞》,朱育琳就信口背诵起来。

朱育琳犹如启蒙者,把我们引进"现代"。他精熟古典,从希腊神话、《圣经》、但丁、彼特拉克到莎士比亚,都了如指掌。钱玉林把他给我们介绍的作家开了个单子,不下数十个。然而就他翻译波德莱尔而言,显然更倾心于十九世纪以来的西方文学,他也向我们介绍过勃兰兑斯那部文学史名著,其实他说的好些东西自"五四"以来就传开了,对于我们却如此新鲜。我开始认识钱玉林时,他给我一首朱育琳翻译的《给一个天堂里的人》,是爱伦·坡的诗,用一手漂亮钢笔字抄在一张纸上,我如获至宝,一直保存着。前几年我给钱玉林看这张纸,顿生隔世之感,他自己早已忘了。

爱伦·坡的一些短篇小说被视作侦探小说的鼻祖,朱育琳谈到它们时,那种描摹的神态神秘而兴奋。无论爱伦·坡还是波德莱尔,都被视为西方现代主义文学的鼻祖。他们的作品都属于艺术上精致的一类,朱育琳显然有所研究,说到爱伦·坡另一首《安娜贝尔·丽》,堪称悼亡诗绝唱,全赖母音"i"的反复使用,传达出一种哀婉绝伦的气息,遂令他望而生畏,不曾染指。他还谈起爱伦·坡的侦探小说,啧啧称赞其构思的奇妙、语言的精湛,由不得眉飞色舞。其实爱伦·坡和波德莱尔两人是一脉相承。在七十年代后期我在外文书店购到法文版波德莱尔翻译的《爱伦·

坡短篇小说集》，才恍然若悟，所谓千载之下知己难遇，然而文学的魅力却能穿透异代异地的阻隔，不期而遇。

朱育琳也喜欢中国古典文学，他的翻译所显示的功力，当与此有关。据说毛主席欣赏"三李"（李白、李商隐、李贺），他各选了若干首，做成一本小册子，题为《三李诗选》，给我们传阅。他打趣说不能看全集，看了全集，再伟大的作家也会打折扣，但他的选诗别具只眼，比方举《梁园吟》中"人生达命岂暇愁？且饮美酒登高楼。平头奴子摇大扇，五月不热疑清秋"的句子，在李白那里，即使日常生活的细节，信口歌吟便成为诗，他觉得最能代表其特色。我们看惯了古人的注释，离不开香草美人的想象，而他的解释不落俗套，总是这般清新可喜。他对唐诗兴犹未尽，后来又选了杜牧和许浑的诗，也订成一小册，给我们传阅。

朱育琳学识渊博，但没有腐酸气，不好为人师，令人可亲还在于他的幽默感。他也是做翻案文章的高手，"哀莫大于心死"是庄子的名言，朱育琳说："哀莫大于心不死。"这么一反转使之变成生存即痛苦的现代命题了，当时大家只是觉得有趣，然而直到知道他的坎坷生平后，才领会对他所含的悲剧含义。

天鹅之死

在"文革"开始的最初几天里，觉得轰然木然的，来不及反应。那天回家，知道父母已经在弄堂里站在一条长凳上被批斗过了；家里清汤寡水，没什么值钱的东西，红卫兵抄走了旗袍、尖头皮鞋之类。对我造成直接冲击的是书——书被抄走、书店关门、书在街上焚烧……举头问苍天：书有何罪？由是想起中外历史上的文化浩劫，一种末日感主宰着心头。

有好一阵没去钱玉林家，乘着"革命大串联"的列车，去了广州、南京和北京。回来后，根据在广州某公园里得来的印象写了《湖》一诗，"从晨光温软的胸怀里醒来，/蒙眬的眼波凝望着我，/向我脉脉低诉你昨夜的好梦……"这样似梦似醒的低语大约属一种自我心理疗效，至少在最初的精神震荡之后，好像又活了过来，重又沉醉在梦幻世界里。

在钱家,大家又聚在一起,但气氛变了。往来的人多起来,学校都不上课了;有个叫岳瑞斌的是从北京校园来,和一些高干子弟相熟,带来许多小道消息。见到朱育琳,他神色凝重,显出憔悴的样子,对于时局的动态极其关注,也常带来从外面大字报看到的消息,今天有某个权威被揪出,挂牌、下跪、认罪,明天有某个名家"自绝于党、自绝于人民,死有余辜"。这些使我们唏嘘、愤怒、无奈,唯有"痛心疾首"四个字可以形容。也时常谈论到中央高层的情况,甚至分析哪个老帅怎样怎样,在同情之余也寄予某种希望。无疑的,我们对于那些"笔杆子"嗤之以鼻,对于林彪、江青和张春桥深恶痛绝。朱育琳的见解常常与众不同。

令人意外的是,尽管运动如火如荼,我们却读到更多的文学。那些平时连旧书店里难以见到的名著,通过各种渠道在流通,速度超快,一本书到手,要求三天、两天,甚至明天就要还,后面有人在等着。这些书都属于抄家物资,原因无他:红卫兵要看!我们都是红卫兵,身穿绿军装,臂挂红袖章。除了搞运动,什么事都停顿,但革命毕竟不能当饭吃,更难抵抗"人性的弱点"。在更多的时候我们无所事事,看书是一大消遣。正所谓"道高一尺,魔高一丈",对于"文革"是一大讽刺。一方面也是运动在混乱中进行,像书籍这类东西不属金银财物,单位里一般不怎么认真处理,更何况偷书不算贼。

真是一些好书! 大多限期逼着要还,匆匆读过,余味无穷,心有未甘,于是赶紧摘抄在一本日记簿里,明知这么做绝非明智。如《基督山恩仇记》中精巧的复仇计划与奇观般展示的各种场景,令我废寝忘食。一个人在小阁楼里,灯光昏暗不知日夜颠倒,比电影《小裁缝》中的知青在煤油灯下读巴尔扎克,好得多多。看完后,再从头翻起,一章章把情节写下来。另一本畅销小说《飘》叙述"乱世"中的三角恋爱,也使我津津有味;摘录了不少人物的对白或独白,印象最深刻的是那个自称"喜欢流氓"的白瑞德,二三十年之后在大洋彼岸看到了电影,最抢镜的当然是费雯丽了。

还有司汤达《红与黑》、杰克·伦敦《马背上的水手》、阿尔志跋绥夫《沙宁》、顾米列夫斯基《大学生私生活》、《法朗士短篇小说集》、巴尔扎克《搅水女人》《夏培上校》等等。所摘录的隽言妙句,从中采撷智慧之果,无非有关作家及其所描写的人物的精神成长,其实带着当时的"问题意识",

多半具有自我励志、正视逆境的成分，正如从雨果《九三年》中摘录的："精神像乳汁一样可以养育人，智慧便是一只乳房。"

这部小说反思法国大革命！因此一边怀着战栗和惊悚，一边抄录书中的精辟之论："伟大革命家的天才和能力就在于他们能够分清那种由于贪婪而进行的活动和那种由于正义而掀起的运动，他们能够协助后者去打倒前者。"或如："说革命是人类造成的，就等于说潮汐是波浪造成的一样错误。"这样的警句还不止这些，就这样，对于我，读《九三年》等于上了一堂"革命"的启蒙课。早些时候便读过《悲惨世界》，书中对孤女珂赛特的描写令人潸然泪下，读了《九三年》之后，对雨果倍增敬仰。

还有许许多多人名作品名以及文坛逸闻，抄自数本关于西方近代文学的介绍性著作，还不能看到那些著作，看看名字也好。如魏尔伦及其文学圈子在巴黎小酒店里，"这些青年服装奇特，他们什么都批评，什么都反对"，还有兰波的《彩色十四行诗》，这些段落对于聊慰饥渴也不无小补。对我来说最具"异数"的是先后发现袁可嘉的"文革"前发表的两篇文章，即《论英美现代派诗歌》和《论英美"意识流"小说》，文中提到二十世纪的作家诸如艾略特、伍尔芙、奥登等，我觉得完全陌生，连朱育琳也没提起过。像乔伊斯声称"流亡是我的美学"之类，我还不完全理解，但怀着好奇把这两文的大部分抄了下来。

日记簿里有三十余页是从朱光潜的《变态心理学》这本书里抄录的，什么"迷狂症与多重人格""压抑作用和隐意识""弗洛伊德的泛性欲观"等，都闻所未闻，只觉得这是本奇书，于是没头没脑大段地抄。另外也抄了二十多页关于如何拍摄照相的，确实没有白抄，后来我自己玩起摄影术，把小阁楼用作暗房，在"文革"中那是一种较为高尚的消遣。

千万别把我看成一个"反派"。我在这么写自己过去的时候，特别是一种主题性的书写时，是难免带倾向性的。然而恰恰在这本封面印着"爱祖国"的日记簿里，抄录了不少马克思、列宁、斯大林的论述，从各种著作中选录的。其实我们都挺复杂，与那时运动里的人相比，我觉得现在的人却是较为简单的。

言归正传，明知继续在钱家聚会不安全，然而文学的本能无法抑制，只是变成随机随缘的，但偶尔四五个人又聚在一起，欣喜可想而知。文学之旅在继续，有一回我们沿着福州路向东走，到外滩公园里，拣人稀处坐下，朱育琳掏出两页纸，是一首诗。朱育琳也写诗？真叫人大跌眼镜。总共三十来行，每行较长，内容写尽历史上的宫闱秘事，得心应手地运用古今中外的文史典故，把情色、阴谋与残暴表现得淋漓尽致。其中的蛇蝎美人，明眼人一看即知是在影射某某。朱育琳真是吃了豹子胆，表达出一腔愤怒，但他笑笑说这是游戏之作，给我们看了之后他便收起了。

有过一次远足，在 1967 年秋，去了长风公园，租了一只船，在湖中徜徉。而后我们围坐在草地上，四周渺无人影，王定国朗读朱育琳的新译作——波德莱尔的《天鹅》一诗。这首诗在今天读来仍不乏新鲜感。一百五十年前的巴黎，正值马克思说的资产阶级蒸蒸日上之时，都市发展日新月异，平地崛起炫目的景观，而为诗人所注视的却是一只天鹅，独自在大街上形影相吊，如堕落天使遭到"现代"的放逐。而在最后一段："我想起一切失而不再复得的人，/不再！不再！想起有人吞声饮泪，/悲哀像仁慈的母狼哺育他们，/想起瘦弱的孤儿像枯萎的蓓蕾。//一个古老的'记忆'号角般吹响，/在流放我灵魂的森林里！/我想起水手被遗忘在荒岛上，/想起俘虏，被征服者……一切悲凄！"表现这些弱势者作为历史进步的代价，蕴含着福柯的

"规训"的主题,在诗人对所有被侮辱被损害者的自我认同中,对文明发出了不平的抗议。

这首诗是翻译的杰作,使我们认识到"恶之花"的另一面——诗的正义,如诗的副标题所示,波德莱尔将此诗献给雨果,正是一种"人道主义"的回应。然而在对朱育琳的击赏之中,仅停留在技巧的层面,谁也没有费心探究他在翻译此诗时的内心感受。

约一年之后,在6月里一天,我在南京路上被一小队戴着"红三司"(上海"造反"精神最足的红卫兵团)袖标的人抓到光明中学。进了学校,先上来两个"上体司",一边臭骂"他妈的""狗杂种",一边用钢棍朝我身上抽。然后被押到楼上一个教室里,见钱玉林、汪圣宝、王定国和岳瑞斌,各人占着一个课桌,在那里写交代,没见朱育琳。到晚上又把我带到一个小间,单独审讯,要我交代"攻击"言论。经过一番"铁拳"下鼻青眼肿的考验,见我不承认,大约从别人那里也缺乏证据,就把我放过。既属于"人民内部",态度也变了,那个头目问我:"你觉得这几个人当中,谁最反动?"我就说岳瑞斌,事后知道冤枉了他,其实是钱玉林的邻居叫王某的因犯了什么事被抓,却把我们的小圈子咬了出来。

第二天中午父母来把我领回去。见我满脸青红萝卜的样子，母亲只是说"作孽啊"！是指打人的还是被打的，我也无心去弄清了。7月里我在沿马路乘凉的时候，钱玉林和王定国分别来找我，告诉我朱育琳如何最终被他们找到，如何被严打拷问，以致死于非命。把人搞死了，就草草收场，他们都放回家了。此后我和钱、王等几乎没来往，这个"小集团"就这样作鸟兽散了。

　　朱育琳死于7月1日凌晨，从三楼的洗手间跳下，由救护车送至医院不治。到1979年为他开追悼会时，才知道他在大学里入过党。当天钱玉林他们看到他的桌子上仍摊着交代的纸，纸是空白的，他始终没写一个字。

　　"一张白纸，没有负担，能写最新最美的文字，能画最新最美的图画。"这是红宝书里的话，朱育琳临终所交代的真是一张白纸——洁白如天鹅，在一条永恒的溪边……

（刊于《书城》，2009年第9期）

普希金的幽灵

"十七年"里的文学文化脉络相当复杂,照列文逊的著名论述,"十七年"文化具有"世界主义"的色彩,到"文革"则退缩为一种"区域主义"。其实也不尽然,"样板戏"中交响乐伴奏京剧,还有芭蕾舞,未尝没有世界性,只是象征性地作些点缀,且一花独放。的确,"文革"之前单看外国文学翻译,西欧文艺复兴以来从古典主义到浪漫主义的名家或经典林林总总很不少,只是踏进十九世纪后期就如履薄冰,对于现代主义深具戒心。列文逊的两分法也遮蔽了另一些重要的脉络,如古典文学,包括通俗的。我在上小学时看了许多旧小说,像《说唐》《杨家将演义》《三侠五义》《小五义》,还有什么包公、施公、彭公、济公等一大箩。

在这样的"十七年"语境里来看钱玉林的诗,宛如映现着欧美浪漫主义的镜像舞台。像其他"老三届"一样,我们多少受到五十年代里那种世界主义氛围的熏陶,而钱玉林对文艺复兴以来的人文精神更情有独钟。他最心仪歌德、席勒、海涅、拜伦、雪莱、济慈、普希金、惠特曼等,自然也养育了他的少年心灵的成长。他的诗集《记忆之树》于1996年出版,这里仅举个别例子。"文革"前写的一首短诗《绿衣》:"淡淡的绿衣哟,/我为你憔悴了;/矜持的少女哟,/我为你梦魂牵绕。//像沙漠渴想着泉水清清,/我期待着你的柔情;/但我又不敢多看你一眼,/只恐那目光一旦冷漠如冰。//让它深深埋藏在心底吧,/永远沉寂,波澜不起!/我只是在孤独中回忆,/回忆你淡淡的绿衣。"

这首表达失恋的情诗看似平淡,但那种个人内心的抒发与当时的"红色"文学主流的疏离,只能锁之"抽屉"。该诗为"你"即某"少女"而作,又以"绿衣"作比喻,而反复咏叹"淡淡的绿衣",暧昧指涉少女淡雅素朴的资质,诗人为之辗转反侧。但"绿衣"有其明显的互文指涉,即借自《诗经》中同题之诗,这固然隐含作者的古典功底,而"绿衣"的诗题与具体对象"少女"之间,出现微妙的断裂。"淡淡的绿衣"是一个具体限定的对象,而诗题的"绿衣"则删去这一"淡淡的"限定,含有抽象性。这一断裂暗示:此诗不仅仅是为某一"少女"而做的情诗,意指对于抽象的美的渴念及悲悼之情,且含有"绿衣"的古典,其含义更为复杂。

确实这是浪漫主义的永恒主题,对自我的精神世界作一种内向的观照,在探索自我与美的理想之间的复杂关系,结局是悲剧性的。诗的末段"孤独"表现得异常强烈,诗人既为恋人"梦魂"系之,沉溺于"回忆"之中,却要"永远沉寂,波澜不起"!对诗人来说,虽然意识到任何具体的美的呈现都蕴含缺陷,即使满足于美的观赏而在实际追求爱情方面显得胆怯,像诗中如此决绝地表示"永远沉寂,波澜不起"!则异乎寻常,使此诗的内心表现及其意义都出现巨大的裂隙。诗人放弃了美的追求、美的沟通,却在自己的"心底"呈现的永远是"绿衣"的幻影。这种对美的绝望,是因为意识到美的可望而不可即,或美的不可言传。诗人的自我沉默,也因为意识到语言与美、与主观欲望之间的距离。但这并不意味着诗人对美的完全幻灭,而美以其消逝而惊艳的幻象,永远使诗人处于无休的渴念和煎熬之中。

诗人处于痛苦与绝望之中,令人想到闻一多的名作《死水》:"这是一沟绝望的死水,清风吹不起半点漪沦。"尽管将"死水"象征外在的绝望世界,但最后的诗句"不如让给丑恶来开垦,看他造出个什么世界"。诗人还抱有希望,蕴含着批评主体的内在完足。与之不同的是,《绿衣》却甘作"死水",表现为主体自身的绝望。《死水》所蕴含诗人的批判现实的爱国精神和道德理想,在《绿衣》中是找不到的。这种自我的内在分裂,及其与美的理想之间的冲突和困境,给纯粹自我的表现带来某种深刻性,这固然可看作欧洲浪漫主义的传承,也可看作"五四"以来浪漫主义的回归,却不是一种简单的传承和回归,其中包含着特定时代的含义。

"文革"中钱玉林写了不少诗,并不奇怪,浪漫诗风一如既往,然而面对残酷的现实,更有感而发,追溯其思想本源,主题有关欧洲启蒙思想的人文传统,混合着愤怒、怀旧和反思。如在《在浮士德博士的故乡》中指斥德国当局对海涅和爱因斯坦的恐惧和销毁。在《致古典讽刺作家读谢德林〈一个城市的历史〉》里,称颂斯威夫特、拉伯雷、果戈理等。这种人文谱系的追踪,显示出更为宽广的人文关怀的视域,同时也为诗人提供了批判现实的精神资源,始终表现了对自由、民主的强烈渴望。正如此诗结句:"我听见,我听见,你们/从诗人与哲学家的净土,/从遥远的永恒的天国,/传来了你们愤怒的如海潮般/滚滚不息的笑声! "凭借这样高扬、乐观的浪漫主义精神,诗人不仅拆毁了任何压抑心灵的桎梏,也象征地表达了中国将重新拥抱世界主义的信心。

特别要提到的是《在昔日的普希金像前》一诗,无疑是历史见证的杰作。在上海,普希金塑像建于1937年,在汾阳路与岳阳路交叉的街心,1944年为日军拆走,1949年底在原址重建,而"文革"开始时又被毁。1967年秋,诗人凭吊废址,抒发其满腔悲愤:"迟了,我已经来得太迟! /在这路口, 你曾经望远凝思——/我早就想来献上一束鲜花,/如今, 只剩下一个空的基石。//在这黄叶飘飞的秋天,/在这你所陌生的国土,/你到哪儿去了? 诗人,我在呼唤——/难道你又遭到了新的放逐? ……" 如这首诗的主题所示,一种"见证"连带"罪恶"的念头闪过,使我战栗。诗人在"路口"向"空的基石""献上一束鲜花",极具一种仪式的象征性。诗人借此演示他的庄严与悲愤的姿态时,这一罪证的现场被转换成诗的审判:"啊, 你朴素庄严的花岗石座/比亚历山大王柱要崇高万倍! " 对于当时历史环境稍了解的读者,都不难理解这一隐喻的指涉。它贴切而巧妙,不仅包含时空的无限性与意义的普遍性——由现场的

"空的基石"与"亚历山大"的历史相联结,实际上指向未来;表达了诗的对抗、超越暴力的不朽信念,遂使这两句诗力敌万钧。

如果诗中的交叉"路口"在时间的意义上象征过去与未来的交接点,那么这也象征着死亡与重生。海德格尔在谈到荷尔德林的诗时,使用"午夜"的比喻,说诗人在失却神的眷顾的 "贫乏时代"(the destitute time),犹如堕入深渊;诗人通过"存在"的启示,才能在"午夜"的深渊中达成转折——迎接"曙光"的来临。当诗人在交叉"路口"宣示其作为历史见证的存在与诗的"真理"的存在时,他自置于深渊的午夜与黎明之间,在人神之间、死亡与再生之间做出抉择。这或许是一种极为悲壮的历史经验,不得不包含悖论。诗人在宣称暴力之神的死亡及诗人在"诗页熊熊燃烧"中永生时,诗人拒绝死亡而获得再生,同时却面对"神"的淫威及其暴力的铁律,不得不拥抱死亡。普希金在中国的"放逐"——他的作品与形象的毁灭——比他在本土的遭遇更为惨烈。如果这无异于一面镜子,诗人从中照见了自己的命运,那么他在写作的想象中已预见这一写作行为所必须承担的后果。当他对于暴力投之以轻蔑一瞥时,其道义的力量从深渊中升华并臻至黎明的境界, 暴力的淫威则沉到谷底。这种精神的伟力,从诗人所认同诗的"真理"的谱系而言,应当源自于欧洲文艺复兴乃至浪漫主义的人文传统;在凭借这一世俗真理宣判"神"的死亡之时,诗人也将自身撕碎,不得不承当普罗米修斯式的厄运,如一个殉道者将自己的肉身作为祭献"真理"的牺牲。

这或许就是"文革"期间所谓"地下"诗歌的不可替代的历史性——它的悲剧与局限。由此孕生出一种新的美学典律:诗给人以战栗,自己先得战栗!在这首诗中读者可明显觉察普希金、海涅、朗费罗诸人的影响,这也是诗人自己所认同的。但此诗的主题再现了浪漫主义自弥尔顿、勃莱克、华兹华斯以来最基本的信念:诗、诗人与想象的崇高与自主,再现了英国清教徒的宗教和政治的异议传统。因此此诗绝非仅仅描述诗人的历史见证,其本身作为历史见证的存在,既是政治的,也是美学的。像这样来自诗的正义的回应,不啻是一个有关诗的尊严的宣言,在中国语境里有其特殊的意义,试看中国新诗的历程,从"文学革命"到"革命文学",对于诗的尊严,自从艾青曾声称不愿将芦笛与王杖交换之后,似乎还不曾有过这样纯粹有力的表达。

酷嗜波德莱尔的共产党人

朱育琳翻译波德莱尔的诗,我们仅能看到八首,均臻至炉火纯青的境界。我曾称他为"天才",与其天纵之圣,不如说得自其语言涵养及对于波氏的独特体验,更由于他把翻译视作一种名山事业而为之呕心沥血所致。有一次谈到《秋天小曲》,最后一段有两个 marguerite,一个是小写,意谓"雏菊";一个是大写,指人名,他都译成"玛甘丽",仍不满意。小写的那个,他觉得直译"雏菊"的话就会牺牲同形同韵所含的视听美感。他曾考虑可否译成"梅桂蕊"或"玫瑰蕊",把两者统一起来,但又不像外国女子的名字,其煞费苦心之处可见一斑。

波德莱尔在中国极其走运,其作品被翻译的版本之多大约只有莎士比亚差可比肩。《恶之花》至少有四五个全译本,其中有些作品,如《呼应》我看到的不下十个不同版本。此诗被看作是开启现代主义的锁钥,戴望舒、梁宗岱等名家争相翻译,看谁的理解最经典。《恶之花》不好译,内容上十分前卫,开"恶魔"之先声,但形式上结构完整,韵律严谨,不脱古典主义的规矩。中译大多采用自由体,传情达意却难以兼顾音乐性,有的遵照原诗的格律,讲究音组或音步,结果也难免削足适履,牺牲了原意。而朱育琳则追求两者的统一,如他译的《厄运》(Le Guignon)一诗:"背起这样一个沉重的负担,/西西弗斯,我仰慕你的气概。/对于工作,我的心一样勇迈,/但艺术无涯而生命太短暂。//远离了荣名的庄严的灵堂,/走向一个凄凉寂寞的坟墓,/我的心像一面低沉的大鼓,/敲奏着丧礼的哀歌去送葬。//多少昏睡的珍宝,沉埋/在不可探测的深海,/永远无人知晓。//多少憾恨的花朵,虚赠/他难以言说的芳芬,/在孤独中枯凋。"

每次读这首译诗,都令我感动莫名,声音的感染起不少作用。译诗的音韵浑厚而沉重,与诗人为艺术自承厄运的主题相契合,令人产生悲壮之感。不说其他,且看韵脚的平仄安排。这首十四行诗的韵脚格式 ABBA,CDDC,EEF,GGF,朱育琳严格按照原诗来押韵,首段四行为平、去、去、去声。第二段是平、去、上、去声。第三段去、上、上声。末段平、平、平声。整个的阅读效果由去声的慷慨悲愤转向上声的哀婉感叹，到末段三个平韵，变为呻吟和叹息。此诗译得神韵具足，合乎严复的"信达雅"标准。也如译者的老师朱光潜所说："有文学价值的作品必是有机的完整体，情感思想和语文风格必融为一体，声音与意义也必欣合无间。"①尤其是最后两段的处理，不拘于原作，而别有一种闻一多所说的"建筑美"。

　　十余年前我写过一文，将朱育琳与其他译家相比较，说明他的翻译实属个中高手。这里仅再举《烦闷》(Spleen)中的第一句：Pluviose, irrité contre la ville entière，朱育琳译成："多雨的5月对全城恼怒。"碰到这样的主语和定语分词，译诗者会感到头痛。跟译小说不一样，译诗必须考虑到字数和音步，而韵脚的选择会影响其他诗行。他的翻译简洁了当，因为大胆更动了语法结构，将定语分词变成谓语结构。另外Pluviose一词也麻烦不小。这是一专名，指法国共和新历的5月，这期间巴黎被笼罩在雨、雾和阴冷之中。朱育琳用"多雨的5月"也得当。所以整句原意尽在，而读来上口。

---

① 引自朱光潜《谈翻译》一文。

我们来看钱春绮的译法:"雨月,整个城市使它感到气恼。"呆板而不舒服,是死抠原文语法的结果。此后的译者有所进步。如莫渝:"雨月之神对整座城市发怒。""之神"是蛇足,大约考虑到径用"雨月"作主语显得突兀。另如郭宏安:"雨月,对着整个城市大发雷霆。"也不得不用一逗号,使"雨月"有所缓冲。这些麻烦岂止于汉译者,如 Kenneth Hanson 的英译:Old Pluvius, month of rains, in peevish mood,①原诗"对全城恼怒"的意思全掉了。另如 Edna Millay 译成: Pluviose, hating all that lives, and loathing me,②那简直是在瞎译了。

1979 年 11 月光明中学校方为朱育琳举行追悼会,一位生前好友致悼词说,当初朱育琳和他同在北大,是他的入党介绍人。组织上要调朱育琳去别的学校开展学生工作,他却因深爱文学,不愿离开北大,因此未服从组织而导致脱党。后来进上海同济大学建筑系,1957 年被打成右派,毕业后分配去新疆工作,患上骨结核病,返沪休养,与父母住在一起。

朱育琳的翻译煽起我们对波德莱尔的热情,因而想

---

① Pennsylvania: The Franklin Library, 1977。
② New York: Washington Square Press, Inc., 1962。

知道得多些，比如为什么要吸食鸦片？跟他的诗有什么关系？然而朱育琳不喜轻言波兄，仅有一回，朱育琳说吸了鸦片就会出现幻觉，就会想入非非。此时他略带微笑，头略朝上扬起，烟卷悬在手指间，他自己仿佛也有遐举之意了。"艺术是什么？"顿了一顿，然后说："艺术就是鸦片。"

这个印象深留在我的脑海里，十多年后知道他曾经是个共产党员，觉得和波德莱尔之间对不上号。或许应当像本雅明那样，碰到矛盾的事物，与其强作解人，不如用"蒙太奇"手法把它们并置起来，就像他笔下的波德莱尔，被置于"发达资本主义"与"抒情"之间，一面对于都市现代性欣喜莫名，一面憎恨资产阶级。

艺术是鸦片这个比喻，我们理解起来颇为费力，难以理解那是个比喻。的确，我们一向受鸦片战争到马克思的宗教是鸦片之类的教育，很难把鸦片跟诗画上等号，而"恶魔诗人"倒差不多要坐实了。难怪朱育琳会神秘兮兮，他比我们大十几岁，中间隔着新旧社会文学上的代沟。

不知是否得之于现代主义的吊诡，还是因为他自己久经磨难而养成的无奈和解脱，朱育琳总有那种讽嘲和幽默。我记得他讲的都德的《沙福》那个故事：一个画家每天早上去附近一家面包店买面包，店主是个寡妇，对他日久生情,开始着意修饰她的外貌,小店也变得亮堂起来。某天画家气呼呼闯进店里,把面包丢在柜台上,责备女店主怎么给了他夹着奶油的面包,把他的画给搞脏了。原来他每天买面包是为了擦画用的,那天她鼓着勇气表示一下爱意,给了他奶油面包。就这样,此后,她故态复萌,店堂重又黯淡了下去。

一个有关人生揶揄的比喻,蕴含着人与人之间难以理解的命题。在讲到女店主的心理和店堂的微妙联系时,朱育琳似乎在传递某种温馨而伤感的气氛,在我的记忆里发酵。后来学法语时读到都德的《最后一课》,充分领略了那种营造主人公心理和环境气氛的技巧,把读者引向感动的高潮。曾经想去找《沙福》来读,又觉得不必了,即使记错了情节也无所谓。

朱育琳博学而儒雅,文学趣味甚广。在对巴尔扎克小说里的伏脱冷、贝姨等"人精"大加赞赏时,在倾心于臻乎极致的艺术之际,也流露了他对于畸形人性的同情或偏好吧。"文革"开始不久,一部书即傅东华翻译的《琥珀》在我们中间流传,朱育琳熟悉此书,书中"蛇蝎美人"的细节他都能娓娓道来。在这方面他偏爱那种富于刺激性的东西,正如他翻译的波德莱尔诗句:"大笑是我命里注定,但微笑我却不行。"

本来以文学为专业,后来转向工科,其中原委不得而知,但他确乎迷上了科学。曾出版过一本《砖的故事》,一种知识性的读物。有一回兴致勃勃地谈起他的科学幻想,他说现在的人类有很多缺陷,因而想象一种未来的人,生活得更健康、更理性,他们不吃食物,以吸吮液体营养为生,住在树上的木质结构里,从事高级的思维活动,科学的演进也使他们的形体发生了变化。细节回想不起来了,听他这么讲只觉得新奇。这无疑是"想入非非"的产物,估计他读过不少科幻小说,其中寄寓着某种乌托邦的成分。

"文革"开始之后,朱育琳变得非常政治,爱憎愈分明。每次见到他,会从街上带来些小道消息,当然他是站在"走资派"一边的,看到老师们一个个被揪出来,心愈往下沉。不难想象,像朱育琳那样的身份和处境,"文革"对他意味着什么。忧心如焚,明知希望渺茫,但不幻想也不悲观。仍和我们谈文学,却蒙上了凝重的气氛。钱玉林写了新诗《一架坏钢琴》,悲悼钢琴天才顾圣婴之死,且暗用贝多芬《英雄交响曲》的典故。朱育琳对此颇为欣赏,鼓励玉林多写这样的诗。是的,面对严酷的现实,诗仿佛恢复了战斗功能,我还没来得及跟上,还在写些软语情话,朱育琳见了不置可否,也可见他的倾向了。

他是个坚韧、实在的人,从不豪言壮语,也不伤感,曾对钱玉林言及他的一些政治见解。他觉得西方资本主义有不尽如人意的地方,不一定适合中国。他知道很多前苏联斯大林时代的情况,简直谈虎色变。最使他吃惊的是,在审判布哈林时,当着西方听众他还口口声声承认自己有罪。他欣赏铁托的南斯拉夫,各行各业实行"自主",不失为社会主义的一条道路。谈起捷克在杜布切克时期成立了上千个"平反委员会",情绪激动。有一次在街头分手时,钱玉林问朱育琳:"你相信不相信共产主义?"他回答:"重要的是发展生产力",即匆匆消失在茫茫黑夜之中。

朱育琳出生于书香之家,据说是潘光旦的外甥。从小在北京长大,受精英教育,或许在少年时代就酷爱文学,当时的文坛对于西方现代主义的接受较为成熟,在此氛围中耳濡目染,同时度过抗战和解放战争的艰难时期,感染了家国之痛,像许多正直的青年一样,爱国、倾向共产党,却命途多舛,在时代风浪中饱受冲击和凌辱,被打成右派时,才二十六岁。如果说他和波德莱尔有什么共通之处的话,那就是因为正直、善良和热爱艺术而为之背负"厄运"。

朱育琳的死,给我们的生命永远蒙上了悲剧的阴影。

跟我们交往而死于非命,使我们难以释怀。我们中间只有我知道他的住处,在我被放出来的几天里,如果能想到他的危险而去及时通报,他或能逃过一劫。每思至此,百感交集,那种对自己的羞愧,将伴随我终身。尤其是钱玉林,总觉得是我们害了他。1995年读到我的"天鹅"的文章,来信说:"当天夜里,我追忆往事,抚枕伤悼,大声呻吟不已,竟惊醒了我睡梦中的妻子。"

在不眠之夜,黑暗中突然见到朱育琳,那一双眼睛,在那副普通玳瑁架的镜片后面,仍然睁得大大。

遭遇"恶魔诗人"

　　我和朱育琳最初认识是通过波德莱尔。那个炎热的下午,我在旧书店里和他同时在挑书,以前虽未招呼过,仿佛已是面熟的了。他问:"拣到什么没有?""没有,你呢?"见他手里是一本翻译的书,我说:"戴望舒翻译过一本波德莱尔的《恶之花掇英》。"那时找这本书成了我淘书的主要目标,他说:"我看过,译得不灵。"此语出口不凡,我的眼孔放大,随口问:"你自己翻译过?"他神秘地笑笑,没说是也没说不是。

　　记住波德莱尔是出于好奇,或许自以为在诗国里曾经沧海,在期待"恶魔"掀起惊涛。那年在提篮桥一带的上海船厂实习,发现附近有一家小旧书店,见到架子上厨川白村的《近代欧洲文艺思潮》一书,译得拗口,简直不忍卒读,但翻到末了,在介绍波德莱尔时,称他"恶魔诗人",说他吸大麻，被尊为现代派的鼻祖。还引一首诗来说明他的"颓废"，有些阴郁、蛆虫和潮湿之类的字眼，像被电触的感觉。上下两册纸页已经黄得发脆，要价一块五毛。须知那时我一个月的实习工资是七块钱，去了那家小店好几次，最后咬牙买下了。记不起在哪里又知道戴望舒在四十年代出版过《恶之花掇英》，一向喜欢戴诗，既然他翻译波德莱尔，其中必有名堂，由是挂在心上。

下回在书店又见朱育琳，给我一张纸，四首他翻译的《恶之花》：《厄运》《秋天小曲》《异域的芳香》和《月亮的悲哀》。那种欢喜，好像小孩得到梦寐以求的礼物。天哪，哪里像"恶魔"啊，美妙的意象、浓厚的抒情气息把我一烙铁烫得服服帖帖。但这些诗有待慢慢消化，青涩的我还难以体会像《秋天小曲》对于玛甘丽的复杂感情；追求艺术的决心远未达到《厄运》的坚贞清绝的境界。直接打动我的是《月亮的悲哀》，如其描画的月亮流下悲哀的眼泪，被诗人双手捧起，装进他不见太阳的心里。中国诗人对月亮的钟爱和虔诚，唯有溺水追月的李白冠绝千古，这一传说不意在波兄笔下赋形生动，如此传奇化景观化的自我塑造，完全超乎我对诗的观念和想象。

知道朱育琳翻译波德莱尔，引起我们小圈子兴奋。后来陆续得到他三首,烦闷、死亡、颓废的主题凸显了"恶魔"面貌,特别是《致 J. G. F.》一诗,一幅自虐者的心理刻画,如"我打你没有愤怒,/没有憎恨,像屠夫";"希望增长我的欲念,/在你的泪上航行"。从今天来看,似有"家暴"倾向了。对我们来说,读波兄这类怪诞的诗,多半是猎奇,但我已是个波迷,有心从朱育琳那里要过来,抄了再还给他。再后来他又带来三首,竟没有让我们抄,可惜不已。

"恶魔"闯进了我的想象世界,在我的创作背景引起阵阵骚动,虽然悲哀和死亡对我并不陌生,但那种强烈的异质性, 给欲望与想象注入了迷药, 有机分子在肌体中扩散,渗透到血脉,突破淤塞,在新空间里张开了新的修辞与意象的翅膀。不过那是个缓慢的化学过程,《月亮的爱情》是较早的征候,这首十四行诗题材上是《月亮的悲哀》的近亲。如第三段"我们的爱情是悲哀的。/我是失望的鱼,空吻你水中之影;/你是渔夫,怨叹无力的银网"。这几句自己喜欢,因为觉得是自己的。

回看四十年前自己的诗,不禁会自问:明知写诗是件危险的事,为何还要写? 这很难说清楚,受冲动的驱使,经过分娩的阵痛,那种迷狂无可理喻。怀着恐惧,生怕被发现在写诗,于是躲东藏西,在诗稿上涂改日期,或制造出一套类似韩文的符号,把诗记录下来,但结果自己也忘了它们的指涉。某种意义上那是在冒险,既是政治的,也是美学的。在"影响焦虑"的压迫下,陷身于丛林仄径之中,在和古典的、"五四"的、波德莱尔等等的影响交涉之中,辨认出自己的身影和足迹,便欣喜无量,是否能抵偿恐惧?或者如阿多诺所说,艺术自主犹如碉堡般能抗御外在的暴力?至少有一点是确定的:那种得之于创造的自我,难忘其果实收获的快乐,成为生命的一部分。

那种"比冰和铁更刺人心肠的快乐",只有波德莱尔能做出如此表达,这出现在一首表达爱的渴念的诗中,但被人比作波氏诗作的魔力。1957年为《恶之花》百年诞辰,法国马克思主义批评家阿拉贡写了纪念文章,即以这句诗为标题。该文被译为中文,连同陈敬容翻译的九首诗,刊登在同年出版的《译文》纪念专号上。这本杂志流到我手中,好像是王定国借来的,限期要还,只记得是在航校的宿舍里,同学们在操场上笑啊闹啊,我一个人在屋里赶紧把阿拉贡的长文和陈敬容的译文全都抄了下来,抄在航校造反组织"东方红公社"的信笺上。

这是一顿突如其来的野荤的宴飨,囫囵吞下再说。阿拉贡文中引用了不少段落和句子,多属绝妙好词;而陈敬容选得很精,《天鹅》《仇敌》等一向脍炙人口,而《穷人的死》《朦胧的黎明》等偏重暴露资本主义现实的一类,那也是波德莱尔的精华所在。整个的印象阴郁而沉重,如黑云压城。陈氏在四十年代不顾众议而翻译波氏,在她自己的诗作也留下影响的痕迹,这九首译诗不追求形式的整齐,但对波氏的拿捏相当到位。其中《不灭的火炬》:"它们引导我走向'美'的大路,/从一切迫害与严重的罪过把我救起;/它们是我的仆人,我也是它们的奴隶,/我整个身心服从这不灭的火炬。"读到这里,和朱育琳给我的《厄运》比对,感到一阵震撼和战栗,灵魂好像碰触上了火炬,体验到那种悲壮和崇高。这一专号也刊登了一幅波德莱尔的画像,卡通画风,但脸部画得很细,表情挺温和的。蓬卷的长发垂肩,留着大胡子,而一双眼睛仿佛在注视着你,如儿童一般。

那时在学英语、法语,偶尔借到文学作品选之类的书,如果有波德莱尔的作品,就令我惊喜,还有其他如兰波、马拉美的诗,也照抄不误。后来搞了一架老旧打字机,从附近南京路青海路口对面的旧货店买来,花了二三十块,十多斤重,个别字母不清楚,色带也暗淡,却为我敲下了几首《恶之花》,如《前生》《美的颂歌》《给一位褐衣女子》是以前没见过的,另外还有几篇散文诗。

那时也读些理论,朱光潜的《美学》是"文革"前的高校教材,读起来不轻松。开头讲艺术起源于游戏倒还有趣,到鲍姆嘉通所谓真正建立了美学体系,一大串概念令我头涨。最后讲克罗齐却眼前一亮。朱光潜虽然批判他的"主观唯心主义",却把他的理论介绍得相当认真。我的诗属于小我的世界,对于克氏的"移情说"读来亲切。我试图做笔记,却明白自己不善于抽象思维。反复阅读那些章节,费了好几天工夫,才写下几页心得,如"美与真、利一样,是人心中某一范畴中的价值观念。""我们可以把这种同情感称为快感,但这不等于一般的愉快的情绪。这种快感实质上是对自己的感情上的满足……""这种同情之所以被称为美感的另一个原因是这种快感纯粹从我们的情绪与想象中得到,它不会引起实践活动的因果的责任。"所谓"快感"属于认识论层面,如果诉诸文字,就难免"因果的责任",在"文革"时期尤其是这样。

(刊于《书城》,2010 年第 2 期)

城市的蒲士

　　1967年写了不少诗,几种风格在互相拉扯,内里却不自觉地变动着,由梦幻、抒情与华丽朝向真实、丑恶与质朴,可说是由"软体"转向"硬体"的变动。这在年初的《梦后的痛苦》中已略显端倪:"无数条蛇盘缠着,含毒的/舌尖耳语着可怕的情景;/它们啮食我沃腴的心田,/我感到鸦食尸肉般的苦痛。"这一段力图表达力比多桃色之梦后,在冬天被窝里一种颓荡的青春气息,这跟《异域的芳香》中"灼热"的情色暗示有关,诗中"黑暗"、"恐惧"等意象蕴含着"恶魔"的印象。

　　与丑恶的现实遭遇,波德莱尔是背后推手。但"梦后的痛苦"只是昙花一现,我仍然在生产《致巫山女》《绣履的传奇》之类的富于古典色彩的作品,但有趣的是出现了城市的现代性母题。那个《梦幻香》中的café,不仅遗留了王独清的《我从 café 中出来》的情调,也是我的经验。中学时代爱好集邮,常去南京路、河南路的集邮公司,有时去斜对面靠近外滩的牛庄路,鳞次栉比的小摊卖各种杂货,其中有一个是卖现煮咖啡的,来光顾的多为老上海,一角钱一杯,装在搪瓷杯里,我不觉得好喝。在"文革"里有名的"红房子"西餐馆重新营业了,但我偶尔会去淮海路襄阳公园对面的"天鹅阁",比较便宜些。

阿拉贡的文章里引的两句诗:"我们在路上偷来暗藏的快乐,/把它用力压挤得像只干了的橙子",摘自《恶之花》卷首《致读者》一诗,我觉得"比冰和铁更刺人心肠的快乐"更有"压挤"的刺激。波德莱尔喜欢在巴黎的大街小巷汲取灵感,令我惊艳的是另一段:"我独自一人锻炼奇异的剑术,/在各个角落里寻找偶然的韵脚。/我在字眼中踌躇,像在路上一样,/有时会碰到梦想已久的诗行。"这些阅读经验储存在记忆里,不经意地潜入我的书写。

在《五月风——在街上》里,字里行间与街道接轨,商店、车辆和路人蠕动其间。我是"一个满身长着触须的伪道者,蝙蝠一样的两重人格者,可怜的单恋者"!看到这里自己会哑然失笑,那也是在自我装扮,大概因为读了朱光潜的《变态心理学》,青春的欲望在 5 月的春风里熏染,感到了压抑,窥视的眼光自觉有点病态了。在《窗下的独语》中"远离了水银灯白昼般照彻的大街,远离了人影车声烦嚣的大街,来这深静的小巷里,来这熟稔的小窗下,孤寂地徘徊"。凭借移情的作用,假想着小窗里的倩影喃喃自语;这"孤寂"夹杂着些许现代主义的个人疏离、些许传统才子式的伤感。虽是文字表演,但那个小窗户却有所本,就在左近现在变得热闹非凡的吴江路,朝西是小菜场,邋遢而嘈杂,朝东通向南京路,整洁而安静,有些小洋房,从前私人医生一类人居住的。夜间走过,老发觉有一家窗户亮着,遮着白色的窗帘,在黑暗中相当显眼,由是就成了那篇散文诗的触机了。

那一年正值我的二十岁本命年,除了每月必得去学校领一次饷,和同学们相聚一两天,其余日子待在家里,在诗的乐土上逍遥。在街上无所事事地游荡着,怀疑自己是不是长高了。诗中的主要布景是一出弄堂口,即落脚的石门一路,从前叫同孚路,不大不小位于市中心,倒是连接南京路和淮海路的南北要道。在这条马路上,夏天里乘凉,在路灯下看书,夜深了就在商店门口搭铺板睡觉,被臭虫或蚊子咬醒,对面马路仍有人在路灯下下象棋,于是过去作壁上观。偶尔抬头见到荧光灯周边许多小虫子在飞舞,灯罩里黑糊糊的,想起了飞蛾扑火,心头隐约给刺了一下。到了秋天,诗兴又旺盛起来,早上小阁楼里似醒似寐之际,诗句冒了出来,题为《秋》的一首:"像遍睡在这城里的无数小蠓虫,/每个夏天纷纷坠入街灯的玻璃罩里,/在秋天做没人知晓的好梦。"是那个被刺的感觉找到了稀释的方式。

这个面积五六平方米、高度不到一米五的小阁楼,直不起腰来,从前是店堂堆货的,后来家里人多,做了居室。"文革"初大哥去新疆支边之后,就成了我的洞穴。早上一撩开眼皮,市声灌了进来,下面是杂货铺,凑头在两扇排窗前,可见店堂和人行道。店主"阿咪头",我们一向这么叫他,在同孚路上看我们长大,但我们眼中他永远是那样:一年四季罩一件不干不净的蓝布衫,大热天里就赤着上身,打褶的凸肚配上光头,笑起来鼻子塌陷更甚,活像个弥陀菩萨。富于诗意的是他的那支烟,叼在唇边像胶黏住一般,点着了不吸,让它烧到嘴唇。

街上车辆来往驶过,不时有人来买五分钱酱菜或一刀草纸的。这些都不妨碍诗的腹语,我宁可赖在被窝里,多的时候两三首诗在脑子里同时开打,像在丛林里捕猎,兔子没了踪影,就转到另一个洞口。起承转合,豁然开朗,却常常要回转去,回到最初心酸眼亮的一个比喻、一个意象,衍生出主题,又呼唤新的比喻、新的意象,尽管写成了难以辨认走过的踪迹。

小阁楼的主人是一个"年轻的嗜烟者",他习惯于夜间向壁自语,烟像徐徐吐出的烦怨,在灯下盘桓,四周的壁纸也熏成了黄色。在这里听到静夜里驶过的电车轮溅起黏湿的声音、从郊区送菜来的黄鱼车咯吱咯吱的声音、弄堂里猫的叫春、从外滩海关传来的《东方红》乐调的钟声,这些声音都在这里引起心头的颤动,走进他的诗篇。他明白与外面的世界仅一板之隔,思绪被街上传来的口号声打断,尤其在"革命"的日子里。他似乎成了一个唯美主义者,在云卷喷吐的烟雾中,看见一切愿意看见的东西。"自由"如一闪念,随即如烟一样向窗口逃遁,化为鸟翼,"追求自由的勇士越出牢狱,却化成尘埃,被更快地吹散"。于是这小阁楼也变成了他的牢笼,烟缸里升起一声长叹,满含无奈的愤怨。

小阁楼成了我家的传奇。六七年前我来到香港工作,回上海老家,母亲特别欢喜,有什么来客,会指着阁楼说:"这是出状元的地方。"是弟弟一直住着,我爬上去一看,哟,里面整修一新,三大件五脏俱全,漂亮得像个皇宫。这些年从风浪里过来,大家都学会了悲喜交集的幽默,谈论最多的是盼着快点拆迁,早点脱离苦海。弟弟住着数数有二十多年了,成家生子,都在这阁楼里。

去年年底回上海给母亲落葬,晚上和老父大哥弟妹一起话旧,把弄堂左右对面的商店一家家数过来,还是老父记得清楚——同孚大戏院、世界大药房、采芝斋、鼎日有、红装服装店……隔壁烟纸店老鲍、老虎灶楼上阿洪,还有不少相熟的,一个个离世。终于挨到前年,老家一带全都拆迁了,母亲也走了。这么个炉边夜话不无诡异,欢笑中含着丁点的失落,就这么丁点,谁也不愿回到过去。

更衣记点滴

　　如果还有可说的，或许可为诗中的城市风景添加一点花絮，是几张照片上我的"蒲士"，带点"更衣记"的意味。

　　我玩起摄影来了，其实是搞照片放大。在小阁楼装个红灯泡，便成了理想的暗房，什么光纸、粗纹纸、细纹纸，包括药水，不难从照相器材店购得。大半是为我妹妹服务，她喜欢拍照，更喜欢打扮，我的中学同学嵇幼霖充当她的专业摄影师。有几回我们去的地方，不是那些公园，而是沿着淮海路朝西，远足至襄阳路、永嘉路一带旁支的几条路上，从前是法租界地盘，周遭不少漂亮的小洋房，不是高官秘墅，就是豪门宅地，"文革"初期大多人去楼空，庭院荒芜，还可看到被砸碎的玻璃窗。那种废园特别勾起我猎奇的情趣，而我的穿着也挺配合，为自己设计了姿势，留存的影像不失为一种另类的"文革"记忆。

一座空院子里开满了夹竹桃，我照了一张在花饰的铁窗栏前嗅花。另一张我站着，目光略垂，一双略尖的皮鞋，瑶玉妹临时在鞋上加了一枝花。一切都富于表演意味，除了那副忧郁的神情。那天身上穿的，一件衬衫式外套，是来自青海路对面旧货店的淘宝之物，原是淡米色的，被染成了深咖啡色。那条西裤是新置的行头，那时涤纶是新产品，就此取代了咔叽布，洗了不用烫，依旧挺括，那是请吴江路驼背小裁缝量身定做的，裤脚管六寸二，再小就犯禁了。

　　"文革"初"破四旧"之后，上海人穿衣服收敛多多，然而扫荡了一阵"奇装异服"，人们仍然不会照"样板戏"来打扮，也不可能回到千篇一律人民装时代。什么是"奇装异服"？在"公安六条"里找不到明文规定，有时候社会风气这样东西靠的是嗅觉。大家都不想惹麻烦，穿着上越平淡朴素越有安全感，但人们开始搞折中，玩擦边球，只要不花枝招展，不招摇过市，红卫兵小将师出无名，居委会阿姨也眼开眼闭，由此在城市的风景线上，这里那里会钻出花花绿绿缩头缩脑的欲望。的确谁也不敢再穿尖头皮鞋或高跟鞋，但平安电影院对面的蓝棠皮鞋店仍开着，也出现了经过改良的式样，像我照片上穿的那种，鞋身较瘦，有点尖

057

的意思。

夏天到了，女孩子在穿衣上疙瘩起来。瑶玉妹找了弄堂里小裁缝，人造棉一尺几毛钱，做工要比布料贵，但小裁缝嫌她难伺候，要求太多。他操着苏州口音说："弗是我弗替耐做，照耐格做法子末，做好勒耐走弗出去格，走出去拨俚笃捉牢子，晓得是我做格末，我格饭碗头要弗着港哉。"原来领口不能开大，腰身不能收紧，他已经吃透了政策，最后还是做些让步，在肩膀处毫分刻数贴身些，短袖口比一般稍长些，且包紧些，看起来还是有点个性。

男装简单得多。如果说还有时尚的话，穿军装是唯一的时尚，却有等级之别。嵇家兄弟穿了一件，说来自某高干子弟的，果然质地和式样正宗，令我羡慕得不得了，看我身上的那件"野路子"军装，软皮邋遢的，没有骨子，不能比。西装一下子绝迹了，可穿的无非是学生装、中山装。年轻人喜欢的夹克衫也不能再穿，有"阿飞"之嫌，但逐渐流行一种改良过来的式样。原先的大翻领改小，拉链改成纽扣，两边的斜插袋改成贴袋，袖口的橡皮筋圈也废弃了，变成一般的开口。一切从简，把洋味削掉，终究比学生装、中山装看起来要轻灵一些。

有一件上装算是"出格"的，其实是从中山装发展出来的,店里没有卖,要叫裁缝做的,不是每个裁缝都敢做。用深蓝粗纹咔叽布,左右上下四个口袋,方方的,都有袋盖,因此我们把这件衣服叫作"大翻盖"。母亲不喜欢,说显得"武腔",不文雅,现在人眼里却是"酷"。我是看到嵇幼霖穿了,也做了一件,但不敢同他们一起出去。嵇家四兄弟,各个长得高个有形,四兄弟都穿上大翻盖,各自跨一辆鲜亮的自行车,跑出张家花园,呼啸而过,令人侧目而视。大翻盖一时还不便归入"奇装异服"一类,但像这样招摇过市,很快惹上了麻烦。后来听说派出所要找他们,嵇家老大就跑到外地去避了一阵风头。

同情的力量

当我再度回顾"文革"前后这一短暂的诗路历程,怀着感激,回顾之旅大多来自外来的友情鼓动。或许随着时光流逝,归程愈远,也更能心平气和,重新认知诗之于自我的成长意涵,追讨生命的抵押,由此却发现一个有趣的以前未省察的吊诡:在"文革"前的一系列诗作中,从《睡魔》《落花歌》到《瘦驴人之哀吟》,死亡的主题挥之不去,但进入"文革"之后,这一主题却很快消失了。难道那些美丽的死亡渴求只是少年强说愁?还是文字游戏?或者主题和风格有其自身的生命轨迹,像一支蜡烛燃尽,应当另换一支?同样吊诡的是,与波德莱尔接触之后,即使受到"恶魔"的诱惑,却没有走向颓废和死亡。这不合我们的政治与美学的逻辑,在时代巨变与个人感受之间,在艺术、真实与伦理之间存在奇怪的落差。

对死亡的咏叹固然表现得稚嫩,但并非儿戏。在航校半工半读,心境越来越恶劣;刚踏进社会,像在冰窟里,在业已收紧的社会秩序中感受到成长的艰难,对前途悲观,如诗中描绘的:"一只没遮拦的断桅的孤舟,在江心的急涡中殊死地搏斗!"这样的"搏斗"英勇悲壮,却是脆弱绝望的。由是来了"文革",换了一个天地,直接效应是中断了我的工读生涯,从命定的轨道"解放"了出来。由于家庭出身,政治上仍属另类,这跟"文革"前没有什么两样,却因此做了"逍遥派",交友、逛街、出游,分享青春的爱的梦想……然而在"阳光灿烂的日子里",没有真正的自由自在,不得不面对日常的真实,仍觉得自己像一只旋涡中的"孤舟",死亡的威胁与恐惧并未消失,由心理的深渊中浮现,成为每日的所见所感。在无垠的"红海洋"上,眼看四周沉舟断桅,反而意识到个人的渺小、生命的珍贵。整个国家民族都在飘摇之中,前景反而变得不确定起来。虽然谁也不能预言明天,但个体逐渐被消解,而融入一种集体的承担。

很自然的,生活内容发生变化,诗也如此,在重新定位与生命的关系。从纯粹的心理构筑转向变得复杂的生活本身,自然浮现了城市的意象,在这里那甲散布,尚未作为自觉探索的主题,而成为新的欲望体验的过渡,直到《空虚》一诗:"这城市的面容像一个肺病患者/徘徊在街上,从一端到另一端。/晴天被阳光浸成萎靡的黄色,/阴云下泣悼一般苍白而凄惨。" 城市占据了自我表演的舞台中心,波德莱尔式的忧郁和颓废的气息也弥漫了开来,至于如"宁可将一切换取些微欢愉"的句子显然与"路上偷来暗藏的快乐"一脉相承,只是没"挤压"出璀璨的意象。而最后一段"负载沉重的暮色疲惫归来,/阴湿的过道充斥刺鼻的煤烟;/拉开门,屋里沉闷而暗黑,/两只坐椅像幽灵默默对言。"

　　从1967年秋冬之交的《秋》《钟声》到次年的十首诗,我的写作发生了整体性的,即从"软体"到"硬体"的转变。以往的诸般习惯——七宝楼台的辞藻和古典的运用、唯美主义的浪漫幻想、自哀自怜的伤感,都淡出了。像《空虚》那样可视作标识的,向梦幻告别而朝向现实,拆除了小我的堡垒,置身于广大的空间。至少在语言风格上这可视作"现代性"转折,这转折无可抗拒? 很难这么说,因为在1968年遭受打击而朱育琳惨死之后,我的写诗也腰斩了。是不是由于波德莱尔的介入愈深而造成这样的转折? 我想起"五四"新文学之后,无论闻一多、戴望舒或李金发等,与古典仍有或疏或密的联系,到了四十年代穆旦等出来,诗坛的现代性不可逆转,似乎至今如此。

诗长出牙齿,要把世界咬住,咬断自我疏离的脐带,要我和这个世界同在,与人们同呼吸,哪怕一起走向疯狂。面对难以驾驭的现实,我闪避、选择、迷醉、恐惧,怀着新的好奇,寻找美的刺激与和谐。《赠公园里一少女》中:"当归巢的鸟喧啾在林中的时候,/你起立,黄昏从你的眼中降临!/我替你同情,憎恨那失约的情人,/大家都一样,年轻人都怀着爱情。"在投注于少女的主观移情中,"同情"是一个新的亮点,所谓"大家"意味着向群体靠拢。《无题》一诗中:"像一只蝼蚁,/垃圾上艰难地爬行,无边的苦难!"那是朱育琳的投影,也是他那不幸一代的写照。于是感同身受,"我像一只失群的孤雁,/在这荒地上感到死灭的沉寂;/眼前常闪现鹰爪的黑影"。萧条异代,天涯同沦落,然而何以会"如果我将来找到你,在废墟中"发现"你不闭的眼睛"?这一疯狂的未来想象却成为不幸的谶语,所谓"将祭起黑色的大纛,/使你在微笑中合眼",蕴含着在一场浩劫之后,幸存者应当担当起一种见证"废墟"的责任?或许是受了"恶魔"语言的蛊惑,在陈敬容翻译的《忧郁病》一诗中的最后一句:"残酷的暴戾的愁苦/在我低垂的头上竖起黑色的旌旗。"

在游荡的日子里我常来到外滩，注视着海关硕大的钟座，拍照的话也喜欢把它作为背景。照片固然留存了历史的瞬间，但缺失声音以及场景所系的浮想联翩。《钟声》一诗正弥补了那些缺失，慨叹岁月无情、人生苦短本是文学的经典题材，然而诗中对于"社会"的揶揄，这在当时一切皆为政治解读的语境中，别有一种恐怖。同样的在《雨夜的悲歌》中"我心中也响起一支歌，像一群囚徒唱响在阴暗的牢房，像一片翻腾的海水，浮动着无数头颅……"的确这里复现了波德莱尔《天鹅》的同情苦难族群的主题，其中的隐喻含义显而易见，也意味着我的诗歌在失控，为伦理的激情所驱使，濒临悬崖峭壁。

"心事浩茫连广宇"需要正义的勇气，但我不认为诗应当成为现实的镜子或被绑在政治战车上，像《雨夜的悲歌》中最后的句子。那种诅咒所引起的惊悚与恐惧，别人和我都有谈过。这固然不乏道义的选择，但令我着迷的是这一意象的美，很大程度上也源自波德莱尔。阿拉贡在文章里专门谈到《恶之花》里诗人自比为太阳，"当他像太阳一样降临到城中，/他让最微贱的事物具有高贵的命运，/他好像一个国王，没有声响，也没有仆从，/走进所有的病院和所有的王宫。"诗人拥有太阳，散发出普照大地的同情，并不妨碍他灵感的源泉。而我的"将要燃尽的蜡烛"被限定在政治对抗的语境里,成为一个缺乏回味的比喻。

试图超越一己的视域而驰骋想象于广袤的空间,却也堕入人性的深渊。《荒庭》一诗已不同于此前的自我伤感,而在诊察精神的病症。在《致命的创口》中声称我们的精神,包括本能、惰性和情绪,是不可能被压制的,某种程度上受了弗洛伊德有关常人皆具"病态"的说法的影响,对于"文革""统一意志"表示出怀疑与反思。两首诗里都出现牢狱里精神受虐的意象,自觉是有点深度的。但诗中都无可理喻地出现"狼"的形象,使自我的主体表述变得复杂与暧昧起来。在自己,或"祖先"身上已具有狼的残忍?还是出于增强气氛的美学考量? 其实波德莱尔喜欢猫,不喜欢狗,更无论狼。知道穆旦的诗写过狼,也在好多年之后。如要追溯记忆,那就是早年读过杰克·伦敦《野性的呼唤》所得的深刻印象了。

的确那一年里,那些我所崇仰的诗人们一一退隐,似乎只有波德莱尔站在那里。要说影响或接受的话,那是诉诸无形的,与其说是颓废与怪诞,毋宁是艺术的虔诚与同情,赐予我力量。或许是我根子里的中国伦理意识平衡其间,因此减弱了思想与艺术的冲刺,不过这么说又要错怪传统了。

我庆幸自己曾经追随在"弟兄们"的队列中,颤动地擎着"不灭的火炬"。

2009 年 10 月 30 日

辑 二

头拎在手里

　　每个人都记得不少日子,在生命的河床里沉浮,有红有白,有的新生,有的消退,似经典的排行榜。1970年1月7日这个日子则永远盘踞在我的"十大"之中,那一天下午在上海卢湾区工人体育馆,上海第三航务工程局召开"清理阶级队伍"的全局大会,我被点名为"现行反革命",两个彪形大汉把我架起,像提小鸡一样从三楼飞步到台上,挂牌、按头、坐喷气式。会后被押送到浦东原来读书的航务工程学校,关在一间宿舍里,名曰"专题学习班",两个半月之后被放回修理厂,由此开始了近十年的小牛鬼生涯。

　　学习班期间,我一直在纳闷,到底犯了什么罪,会这么大张旗鼓地被揪出来?我知道,东窗事发,因为"文革"初期加入一个文学青年小沙龙,1968年被人举报说是"反革命小集团",给光明中学的红卫兵抓去关押过。材料转了过来,有些问题还得交代,但也不至于是严打对象啊。事后渐渐明白,像我这样出身黑不溜秋,有前科的,起码是个阶级异己分子,作为清理对象被揪出来,大方向绝不会错,而且我的家庭背景颇为复杂,说不定会钓到什么鱼。当天被押回航校时,门口遇见一个厂领导,对我说:"小陈啊,你满脑子'封资修',得好好清理清理。"我听了颇觉得安慰,这么说只是思想问题,没什么大不了。但又一想,是思想问题,为什么这么兴师动众?像这样被揪出来,前途不就完了? 不由得冤从中来。

其实挺可笑,这铁窗(其实是木窗)生涯却成了个人的修炼机会。每天面对一沓报告纸,面对自己,搜尽断肠交代罪行,结果是知错犯错。对谁说过反动的话,如果是对一个人说的吧,那死无对证,就免了。罪行不足吧,就交代思想。想想自己的思想,挺反动,对"文革"不理解,对江青等人一肚子不满,但也不能落笔。因此所交代的无非是些鸡毛蒜皮,充其量属于人民内部矛盾的东西。时值严冬腊月,脚生了冻疮,就在屋里乱蹦乱跳,唱起杨子荣"穿林海,跨雪原,气冲霄汉……"有人敲门,工宣队现身,斥道:"还那么嚣张!"拉出去,给十几个革命群众围着,狠狠批斗了一通。

由本厂几位工宣队老师傅看守，每隔三五天来提审，令我交代罪行。提审时，先是交代政策，坦白从宽，抗拒从严；一番苦口婆心之后，真刀真枪来了——抛材料。外面的材料转过来了，某年某月某日和某某一起收听敌台……问到我的诗集，我说："烧了。""为什么？""不健康。"他们去我家，没发现诗集，从我住的小阁楼搜走了二三十本线装书和翻译小说，陈列在局里的阶级斗争展览会里，当作"封资修"的复辟证据，也算是战果辉煌了。

　　有一次令我惊愕，说我的父亲参加过国民党。我分毫不知，也揭发不出什么来。后来问我父亲，他说确有其事，那时快要解放了，某个朋友塞给他一张表格，他就糊里糊涂填了，其实什么事都没干过。后来做研究生之后，我的档案里还留着尾巴，包括这条材料，仍然给我带来麻烦。

　　提审员的兴趣还集中在我们学生搞运动方面，要我揭发学校里几个造反派头头。我渐渐明白，事情不那么简单，自己多少还是局里路线斗争的牺牲品。好笑的是尽管我对"文革"不满，自己却挂在"四人帮"那条线上。两个星期之前，各基层单位的两百多个航校学生接到局里紧急通知，火速集中到原来的学校参加"抗大学习班"。一接到通知，我们厂里的小刁（志奇）和老邬（才根）就仿佛大难临头,连连惊呼说"白色恐怖"来了。他俩是航校的红卫兵头目,说局里的走资派郑某重新掌了权,要整革命造反派,当然他们和局里的造反派是在一条藤上的。

抗大学习班由军宣队、工宣队领导,组织读老三篇、吃忆苦饭,提高阶级觉悟,但学生们已经人心惶惶。暗地流传说局里要清查"四一二"猫头事件。曾经有人说,在1967年4月12日,历史上蒋介石屠杀共产党那天,在航校的竹篱笆上发现一颗血淋淋的猫头。那无疑是一起阶级敌人丧心病狂的反革命报复事件。学生们私下议论着,可怕的噩梦传染开来,简直要疯了。

不得不佩服小刁和老邬的政治嗅觉。四五天之后,学生分组讨论,以宿舍为单位,每个宿舍七八个学生由两三个工宣队员看管。于是宣读"公安六条"以及局里制定的"十大揭发范围"。学生之间开始背对背揭发,每隔一天召开大会,当场揪人,隔离审查。一时间风口浪尖,腥风血雨。看到"尖刀排"成立,成员都是原来航校的学生,老邬说:"完了。"果然他被揪了出来,我的日子也不远了,在工宣队的监视下,我坐立不安,一连几夜说梦话。

应当说我是个"逍遥派"。家庭出身资本家,不属"黑五类","文革"开始时也不敢乱说乱动。不久"老子英雄儿好汉"遭到批判,也不无端地去外面"串联"。航校学生大多是造反派,以"东方红造反公社"为首,小刁和老邹是里面的头目。我加入了"霹雳兵团",从属于"东方红"的外围组织之一,七八个成员家庭背景都不硬,不是资本家就是小业主,阿坤是我们的头。在路线斗争激烈的当口,我们也紧急动员,奉命去外滩的市革命委员会,或去平江路的三航局革命委员会,喊口号,刷大标语,贴大字报,坚决捍卫无产阶级革命路线,支持市里或局里的造反派。尽管是不起眼的马前小卒,却也在楚汉相争的棋盘里,绑在革命造反的战车上。

3月中旬我从学习班放出来,回到修理厂,此后几个月里对隔离审查的学生一一作了处理。那一天下午,厂里为我们开了一个会,我母亲也被叫来了。在会上,局里来的军宣队员宣读了处理决定:"陈建华,1947年生,广西柳州人……"完全像一份刑事罪犯的判决书。当我听到"政治错误"的结论时,心头一颤,沮丧和怨怒一齐涌了上来。宣读完了,群众高呼,我没吭声,也没举手,心想反正就这么回事了,还能把我怎样?

抗大学习班里被整的学生当然都属造反派,共有十七八个,修理厂是"重灾区",就有六七个。处理结论各有名目,像不同尺寸的紧箍咒。最重的是绰号叫"三毛"的钱作兴,是"现行反革命",但"帽子拎在手里",意谓劳动察看,如有新罪,立即把帽子给戴上,甚至逮捕法办。因为他出身黑五类,破坏过许多毛主席头像——大多根据他自己的坦白交代。第二号人物老邬,是"严重政治错误"。我是"政治错误",轻了一个档次。阿坤是"一般政治错误",更低一档。其他也有"不作处理"的,也是一种处理。尽管轻重有别,但都是处理品,都属于"牛鬼蛇神",和"地富反坏分子"一起接受监督改造,如乱说乱动,就随时批斗。1972年尼克松访华,我们被集中起来,由专人看管,事后每人交一份思想汇报。

我在航校学电工专业,进厂后改为锻工。锻工组约一打人,组长和几个老师傅都是无锡人。处理后我给庄老头做下手,所谓物以类聚也。他从前开铁铺,组长陈师傅和另两位师傅都是他的雇工。陈师傅一向要求进步,但入党申请一直被搁着。据说有一回大概酒喝多说漏了嘴,说新中国成立前资本家待工人不错之类的。此后他就意气消沉了,有时一个人在车间里喝闷酒,会把庄老头叫过去,莫名其妙地把他训斥一顿。

锻工间是有梁没柱的一大间,四周砖墙给煤烟熏得黑糊糊的。有两个小炉,一个大炉。小炉打小件活,铁在煤里烧红,取出在铁砧上捶打,是那种老式的作坊工艺。大炉由组长亲自挂帅,铁件要烧个把钟头。等到出炉时,陈师傅掌钳,多至三四个人围着,用铁杠抬着,吆喝声中送到方砧上,由电动操纵的大锤起落打击。趁热打铁呀,咚咚咚咚,各个眼里布满血丝,大汗淋漓,只见铁屑飞溅,帆布工作服烫出一个个孔。铁还没呈青红色,已打成想要的形状。陈师傅得意得像攻克柏林,但从来不笑,反而眉头蹙紧,变得更加威严了。

司大炉的小刘,我们叫他"刘憨",也是欺负他。三十岁不到,从别的工地调来,听说犯过风流罪。别人他不敢得罪,喜欢开庄老头的玩笑:"瘌痢头上不长毛,它不长,你也不响。"干活卖力,烧炉时上身赤膊,半边脸通红,转而紫红,然而拼死拼活得不到称赞,火旺起来就要骂人,连组长也骂。一次正好给陈师傅听到,他的脸瞬地一沉,动了粗口:"×那娘侬尾巴夹夹紧!"小刘顿时像瘪了的气球。陈师傅走开,轮到我们学生来修理他:"瘌痢头上不长毛……"刘憨把眼一闭:"去去去!"然后睁眼回敬我们:"臭老九!"

我喜欢在何师傅的小炉上劳作。何师傅和司炉的老刘都是苏北人,安分守己,很像《舞台姐妹》里"认认真真演戏,清清白白做人"的竺春花。何师傅根正苗红,上面想培养他,暗示他打入党报告,他没打;叫他去开会,又不懂说大话,也就罢了。他同情航校学生,那么多学生遭到打击,觉得不对劲。他的口号是:"干活管干活,休息管休息。"当老刘取出通红的铁块,何师傅掌钳,我和另一个搭档,各自抡起十多磅重的铁锤,两手抓住柄端,作三百六十度的甩击,一连捶打一二十下,铁砧发出叮当叮当的节奏。在我的记忆中,这是我的劳动锻炼最美的图画了。

冬日下午,间隔的休息时光最为温馨。围坐在炉前,炉中煤幽幽的,何师傅和老刘扯家常,我和小陈有一搭没一搭地说些话,不觉堕入梦乡了。只觉得旁边给碰了一下,睁眼见陈师傅走过,对我瞅了一眼,略带鄙夷。说实在的,虽然还在如火如荼的政治运动当中,人们还是有节制的。"文革"开展了五六年,大家也疲了。好像有谁说过,人不是生活在概念里,至少锻工间里人与人的关系给一种比政治口号更为强烈的纽带维系着。使我难忘的是有一回,我在操纵那个电动大锤,锤子下落时木桩脱落,一个铁榫从陈师傅钳上飞了出来,击中了小俞。急忙把他送医院,脾脏出血,结果给切除了。我很不安,但同事们丝毫没怪罪我。那是节制的,如果是在"文革"初期,我想情况可能会不一样。

有一次我真的失手,给批斗了。事情是我在外面医院骗病假,厂方知道了。说来惭愧,不像高尔基自传里的主人公老老实实地打工,不折不扣经受社会的考验,铁砧上的"锻炼"没让我成为一个美丽的比喻。我确实觉得累。修理厂在浦东近郊,每天从外滩陆家嘴摆渡,再乘车到厂里,路上来回足足三小时。觉得累也是心理上的,一回到家里就好像生活重新开始,读书自学到深更半夜,第二天爬不起来。正所谓"身在曹营心在汉",活在一种身心分裂的状态里,很累。

积劳成累,体质在变差。心脏经不起锻击,去厂医务室,诊断说是"心动过速",偶尔给一天休息,但也不能多去难为医生。"文革"里在一些"愤青"当中,搞病假并不稀奇,遇到同好还会交流一二心得。有几次实在熬不住,去斜对面公交医院,或去远些瑞金医院挂急诊。那回"失手"也是命里一劫,量罢体温到里间,见当班的一位少女医生,心头一惊,果然坏事。她瞅了我一眼,说再量一次体温。坐在一边,动弹不得,于是穿帮,事后通知了我的厂里。

在那样的岁月里,放工回家,爬进我那个伸不直腰的小阁楼，便进入了人文的大同世界。在书海里如鱼得水，相忘于江湖,不知洞外人面桃花几度开落。胡乱读了不少书,包括一些大学教材,如王力的《古代汉语》、朱光潜的《西方美学史》、周予同的《中国历史文选》等,也算完成了"我的大学"。

住在市区的工人们在经陆家嘴摆渡之后,可以搭乘厂里的卡车往返。开始只有一辆车,凡有问题的不让上。厂里有宿舍,我们不愿住,于是老邬、阿坤和我等几个结伙,每天骑自行车来回。一下班我们先走,等到厂车开过时,我们一起呼啸着,向司机挥手。那也是一种疯狂。后来增加了一辆车,我们可以搭乘了。车上装满了人,站在那里开始觉得右侧的大腿阵阵麻痹刺痛,是长时间风湿劳累所致,生了年少先衰之感,遂自怜起来。

让陈师傅头痛的是我是个"秀才",上面常常会调我去抄写大字报之类的。干活靠不上我,到后来干脆让我打杂,不管大炉小炉,哪里需要去哪里。其实"文革"的路线斗争还在继续,我们朝中还有人。小刁一向处事谨慎,逃过"抗大"这一劫,仍然在厂里管宣传。到1974年中央号召"批林批孔"时,我们的机会来了。局里的造反派在揭露郑某的右倾翻案,批判他的反攻倒算,"池浅王八多"的修理厂应声而动。我们密谋策划,小刁在幕后指点,集中炮轰"抗大学习班",说郑某在掌权之后迫害造反派、镇压学生。我们串联了其他基层单位的学生,去局里贴大字报,一时铺天盖地。这么做的时候,我们中间不是没有顾虑,这不是企图翻案吗?如果郑某打不倒怎么办?突然有人冒出一句:"把头拎在手里,怕什么!"于是"头拎在手里"成了我们的口头禅。

我豁出去了,搞了一起"百人大字报"事件。起草了一份类似"哀的美敦书"的大字报,明确要求推倒抗大学习班,给我们平反。厂里一共两百多职工,动员了一百人签名,贴了出来,很有点声势。回到锻工间,陈师傅对我刮目相看,我仿佛成了英雄人物。这回造反派得了势,到年底的时候,局里下了公文,把老邬的结论减低一档,改为"一般政治错误",而把我的结论给"撤销"了。

此后我的日子比较好过,后来锻工不做了,回到电工本行。但事情还没有完,阶级斗争的确很复杂。直到1979年给我们这些学生宣布"平反",并说把我材料全部销毁,但事实并非如此。考上了复旦大学,临到要注册入学时,校方突然说不行,从厂里转来了我的档案,发现有问题,要把我退回去。我说我已经平反了,是我的单位有问题。我没卷铺盖走路,待在宿舍里,不知在想些什么,想不动了。过了两天,通知我可以注册了。也不知那两天里发生了什么,我想还是强不过形势,大家都回不去了。不过起决定作用的还是中文系,给几位老师保下来的吧。

学外语

1969年5月13日是我的另一个大日子。那一天,我的中学同学嵇幼霖的姐姐嵇吉利带我去见了安老师,他同意教我学英语,这预示着我的生活方向的改变。在此前的四五年里,唯一给生活带来意义和安慰的是写诗,但由于1968年夏突来的打击,继之以朱育琳的冤死,诗失去了美。与想象世界告别,出自一种生存的本能。我和安老师相濡以沫,与七十年代相始终。我的生活重心由幻想走向务实,同样痴迷,却以另一种方式。

安老师个子不高,大约五十出头,貌如童稚,心地单纯。英文名"彼得"(Peter),是从前教会给他起的,但他更受赐于宗教的仁慈。他在上海科学院图书馆工作,做提供信息资料之类的事。那时刚因甲通外国的嫌疑被单位隔离审查过,且教学外语本身便是一件犯忌的事。收我做学生，没有别的原因，照上海人的说法，是"前世里缘分"吧。当然迷信不能解释一切。半年之后我也被隔离审查，睽违了两个多月我们重聚在一起，好像什么都没发生过一样，相互之间更分享一种文化上的共识或默契了。

每星期一两个晚上去安老师家，手把手从音标教起，用的是一套老牌帝国主义的"基础英语"(Essential English)。看看学得差不多了，其实还差很多，就让我加入他的"圈子"，和小伍、老姚一起，两位是安老师的莫逆之交。小伍在中学教书，皮肤白皙，戴一副眼镜，风度翩翩。老姚是某处职员，谦谦君子，喜欢咬文嚼字，幽默中略掉书袋。每星期六晚上聚一次，读他们带来的读物，从《北京周报》、《大不列颠百科词典》等处找来，人文科技的文本都有。然后是闲聊，从街头新闻到日常生活。他们的程度已相当高，我是听得多，所谓潜移默化，到后来也能插话了。有一回读一篇有关天文方面的文章，大量专有名词，使我知道了许多星座，也有不少忘了的，因为再也没有碰到过。

因为住得近，不必等上课也会去看安老师。横穿过马路，走进公交医院的大弄堂，拐几个弯就到了。常留晚饭，陪他喝一两盅酒。安老师已丧妻，小孩男男女女六七个。那不是物质丰裕的时代，多我一双筷子，像多个家人一样。总是先让孩子们毕食后我们两人对酌。有酒便喝，不管是黄酒白干。我最中意的是用梅干菜煨的红烧肉，不腻不碎，这些多亏他大女儿阿月头，里里外外打理得舒舒适适的。前几年回沪见安老师，孙子重孙一大群，阿月头还没嫁人，为老父和家庭也可谓尽心竭力。

为什么学外语？忽然想起这问题自觉有点奇怪。显然没用处，尤其是"文革"还轰轰烈烈正在兴头上，政治上绝对不正确，只会招麻烦，不像后来学的人多了，便成了路。对我来说，从写诗转到学外语，好像是转移一种精神寄托。我知道自己的毛病：一旦沉溺，便不能自拔，从来回不到自己。在这十年里，不光学英语，还学了法语、日语，辗转于好几个圈子，交了不少才俊之士。这固然拜赐于上海地理文化的土壤，扫荡之余却沉渣泛起，仍不乏资用，但我想作为一种集体行为，当然怀有隐秘的梦想，尽管朦胧而遥远。或许这也是一种文明的习惯，大家走在一起，须有共同的语言，也须造出新的规则来。

1971 年抑或 1972 年夏天，小伍带来一位青年，叫郁福民。相貌俊秀，谈吐文雅，一口流利的英语，声调软美，令我暗中叹服。小伍说郁福民能教我们法语，于是另有法语班，我们全参加了。在黄河路郁家上课，一个大客厅摆设整齐，一看是个颇有底气的家庭。我们从发音开始，用的是一种英语讲解的教材。法语听起来有一种优雅的节奏美，而郁福民的声调更动听。有一个 r 的音特别难，据说发这个音巴黎人用的是喉音，如果读成卷舌音，就像外省人了。为了发准这个音，我在家里练了好一阵子。

可惜法语班上了两三个月就停了。过了一阵又恢复，只是换了地方，在淮海中路上陈安安家里。也是小伍介绍的，陈安安长得魁梧，气色白里透红，嘴唇厚厚略带调皮和性感，也戴一副眼镜。他英语已经相当好，在家里早已开班授徒。法语老师赵树华，也是"老三届"同龄人，安安和我都加入，还有乔治和南希兄妹等人。树华好像在哪个中学里教书，外表朴素，一派正气，像电影里的地下干部。教得很认真，口音纯正，语法精熟。我很惊讶他从哪里学的，但从来没问过他。

安安家在淮海中路繁华段上一条新式洋房里弄里，其父在新中国成立前从商，家里被红卫兵冲击过。居住一套房，我们在厢房里读书。他有时会进来，笑呵呵跟我们打招呼，相当海派，穿背带西裤，腹部略挺，显得练达而乐观。安安在一个里弄工厂做事，并不安分，晒网的时候居多。他下功夫背诵英语词典，可见其热诚之一斑。家里似有两三个英语班,起初我也加入过一个,另有小伍和安安之妹,过了些时,两人经常缺席,因为互相擦出火花,到外面去发展了。

法语班坚持了两三年,读完北京外语学院编的一套四册《法语》教材。每次学一课,大家事先做准备,课上读课文,每人轮流读一句,用中文翻译出来。碰到语法疑难处,大家讨论,或赵树华加以解答。没有作业,也没有考试,主要靠自学。快学完时,大家去附近照相馆拍了一张照,每人给放了一张六寸的。共十一人,可能有的是在英语班上的。

隔了三十余年来看这张照片,有的叫不出名来。以前也没有这么认真看过,看着看着,看不出疯狂来。衣服几乎是清一色的灰暗,特别是坐在前排的三位女生,在今天女孩眼中大约会觉得不可思议。其实她们的衣着打扮还是有分别的,不知出于偶然还是事先商量过。右边的梳短发,穿人民装,属于五十年代;左边的梳辫子,穿中式装,代表传统;中间是南希,烫发,穿开领衫,露出高领羊毛衫,颜色大约是红的,可说是"上海摩登"的流风余韵吧。

一瞬间的留影,不知有多少见证了那个时代——一个不寻常不那么透明的时代。拍照以志纪念,不无一种"合家欢"的意思,一个小小的在阳光阴影里成长起来的另类家族。像我们这样的在上海应当还有，但淮海路上却具某种象征，从前是法租界地段，代表某种殖民文化的精致，却在我们身上找到了新的载体。后面两排各站四个男生，有的微笑，有的木然，独有我在微笑与木然之间，也看不出个所以然。

另有几张照片，是在安老师家中照的，有小伍、老姚、安安兄妹、乔治兄妹等，有点像两个方面军"会师"。中间安老师，左右是绝对够"美人"标准的两位妹妹。我和安老师的那张，我笑得如此璀璨。那是在七十年代中后期，我们学外语的鼎盛期，却是蹉跎的青春，桃李芬芳。

那是一种奇特的集合，说"家族"有点夸张，"来自五湖四海，为了一个共同的目标"，却和"文革"不一个路向，或许也分享了它的无私、拜赐于它的闲暇，回想起来骤生缅怀。八个样板戏毕竟填不满空闲，没有别的娱乐，倒催生了特别的私人空间，打牌、烹调、缝纫，把小家庭布置得漂漂亮亮的，所谓"上海男人讨老婆欢心"的神话，其实由"文革"而来。学外语也是一种消闲，却含自救的意味，好像在同一条船上，互相勉励，不计利害，像安安那样长期提供场所和资源，常常在课上分发用他老旧打字机打出来的辅助材料，这种慷慨大约现在要找也不容易了。

聚在一起读书,学习本身即目的,不问你是谁,不议论国事,这种氛围和我以前的文学沙龙不一样,那是为道德正义所主宰,胸怀天下,呼天抢地,造就的是诗人。学外语含有工具理性,不光视语言为工具,无形中为外来文化所熏陶,正像首先要学会"女士请先"之类的礼貌习语一样。如果深入观察文化的肌理,不可忽视学员们的家庭背景,大多是知识分子或资产阶层。这一代父母历经政治运动,被改造得相当成熟,学外语像擦边球,某种意义上凝聚着中产阶级的梦想,与其说是与"文革"对着干,不如说属于"和平演变"的策略,说起来还源自晚清"洋务运动"的改良精神呢。

有一点,我想也是环境使然。在陈安安家进进出出,邻居也知道我们在学外语,都见怪不怪,泰然处之。在安老师家上课,如果在夏天,会把家门开着,就在底楼,朝向弄堂,走过的人可听到我们在说洋话,没有人来过问。不光是大家都知道安老师是好人,住在这"张家花园"的新式里弄的,阶级觉悟不那么敏锐,或许像张爱玲说的,都有那种上海人的"聪明"。

数年下来,我和乔治、南希兄妹较熟。有一次应邀去他们家,在成都路上沿街一栋楼里,靠近南京路。那天下午阳光充足,英国式红茶,配上一套精致的茶具。听说他们父亲从前在南阳经商,已经过世了;见到他们的母亲,五十开外,端庄娴雅,保养得很好,没一丝皱纹。安安曾跟我说过,她是个"女中豪杰",果然厉害,思想艺术无所不晓,大谈柏拉图的哲学,她说她做什么事都有计划,当然包括对于乔治和南希的学习。不知道怎么会谈到牙齿,她说她牙齿不好,经常看医生,后来她做了一个决定,干脆把牙齿全部拔掉,包括不少好牙,装上了一副假牙。我听了大为震动,在她的语气里,她是个有决断、不寻常的女人。

安安对她非常敬佩,不过在这么说的时候,我察觉到他有些感伤和无奈。他喜欢南希,在课上也看出来了,他和南希说话带一种特别的温柔。安安说她母亲不同意,什么原因也没说。怎么说呢,我们学外语的大多是老三届,已臻而立之年了,不是"文革"的话,也许有的已谈婚论嫁了。如果有机会,在学习中发生爱情,岂不天公作美?如郁福民和姗丽就是天造地设的一对,1978年结婚时托人带来了喜糖。当然也有缘悭一世的,小伍和安安的妹妹便如此。小伍一表人才,但女方家长没接受,大概还考量到家底、职业等因素吧。成功的当小说读,不成功的为现实抱憾,反正都能满足我们的心理期待。

售与帝王家

　　找出一本日记簿,彩色锦缎的封面,小桥流水,庙宇亭台,杨柳依依。里面有我的日记,从1978年5月22日至次年2月9日为止。为检索方便,我填上页码,共一百三十五页。

　　不怕记日记了。一切都好像在回春向暖,而我心头的解冻仍显得迟缓。记日记缘自一阵难抑的激动,那天晚上在音乐厅听了德国钢琴家康塔尔斯基兄弟的演奏,我这么写道:

　　　　柔美的音质、默契的配合、纯熟的技巧、娴雅的风度……我屏息倾听,注视着兄弟俩每一个动作,折磨了我一整天的牙痛消失了,白天所感觉的异常的疲乏仿佛也没有发生过。

于我,这两百多天像急转的旋涡,充满焦虑与机遇、冲突与挫折,千头万绪,欲理还乱。报纸上在继续批判四人帮、在平反冤假错案。文学经典在重印,书店前排起了长龙;图书馆座无虚席;电影、音乐会、展览会接踵而至,伴随开放的许诺。环顾四周,各路好汉摩拳擦掌,熬过十年寒窗,面临龙门一跃。各种机会在向我们招手,好像黑洞尽头,豁然开朗,大小洞门一齐敞开,顿显奇景,阿米尔上!有的取到了幸运的钥匙,更多的名落孙山。

日记里有无数的名字,关于书籍、电影、展览会等,有的书买来没看过,有的电影看了全然记不得。但那些人和事历历在目,那些给我帮助、给我鼓励的人们,都尽力把我往上提、往前推,出自私人的同情和友情,却紧跟歌唱民族新生的主旋律,1949年后还没有过如此无需官方组织的热烈的群众运动。这些人有许多大约已不在世,生者也不知在哪里,重睹自己的文字,久久无语。

在厂里我成了个"笔杆子",为车间主任起草总结报告,给小组职工上课;外文知识也曝了光,局里有文件要翻译,也找到我。干活也不马虎,加班加点不在话下。9月16日记载了晚上加班的情景:"近三个钟头在舱里,肩挨着肩,敲铲声震耳欲聋,灰尘迷漫。我赤着膊,两耳用棉纱塞住,汗一直没有停过,流到裤裆,大家的裤子都湿了。"但另一方面,我们要求落实政策,找局党委谈,递交"复查申请书",局武保组也派人来调查,却推三阻四,不见下文。

不曾体验过那种读报的兴奋,从小看惯"红色经典"电影,也激动流泪,而现在党中央的号召另有一种着肉贴心的感觉。11月里《人民日报》宣布为《海瑞罢官》平反,并发表《实事求是,有错必纠》的社论。

对我们来说,各种机会中最具诱惑的莫过于允许社会上以同等学历报考大学研究生了。1978年第一次这么招生,一连三年,所谓"天下英雄尽入彀中"矣。学外文圈子里,一起学法语的钱国新和王佶民两位捷足先登。钱国新被复旦物理系录取为研究生,王佶民报考中国科学院,赴京复试后也高中了。郁福民、赵志石也考过,失利。最沮丧的是安安了,考上海外语学院的研究生,信心十足,却未取。他决心再接再厉,干脆向里弄生产组辞职,在家以教英语为生。见了我劈头就问:"你不打算考研究生?"在他鼓动下,我参加了他新组的复习班,和赵志石、小刘,每周三晚在他家聚会,复习英语语法和法语。

既是背水一战,大家精诚团结,全力以赴,几个月下来足见成效。于是安安口出狂言,说那些"老头子"(如葛瑞规等英语权威)没什么了不起。谈到下一回考试,他说英语打到九十分、法语七十分、日语六十分,就有把握了。我说应该是中文九十分、英语八十分、法语和日语各打七十分。那时自己还不知考什么专业,却把中文放在第一位。

研究生没录取,还有其他机会。安安在街道办事处通过了英语考试,明年可能去做代课老师。赵志石与金山某单位签订了两年的合同,去教两年英语口语。赵志石带来不少消息,告诉我们说,市里的笔译考试即将开始。的确,知识受尊重,外文最吃香,从市里到基层单位,甚至在街道这一级,都在搞外语测试,仿佛在打一场罗致人才的"人民战争"。我的单位也如此,局里举行外语考试,同学王基立去了,我临时没去。王基立和我,还有何灼兴,是厂里的外语小圈子。多年来与王基立一起学日语,常常偷闲躲到角落里切磋一番。灼兴跟我学英语,每周末来我家,这年他考大学,没成。

不参加局里的考试,我另有打算。正当盛暑季节,安老师在为我奔忙,借他的人脉给我在上海科学院找个位置。先后同生化所、昆虫所联系,让我搞资料翻译或教口语。昆虫所的负责人老刘极其热心,见了几次面,也给录了音,给我单位发调函,足足忙了两个月,最后见我说"酸了"(sorry),事竟不成。此时安老师也忙得不亦乐乎,市三医院、仁济医院都把他请去教英语,把我带去做助教,让我上课实践。我在7月里的日记里写道:

> 我的恩师不遗余力地为我奔波,决心为我创造条件。……我与他谈过我最近的想法,我只想要时间、学习条件,图书馆是最理想的了。当他听了我的想法,说"做学者是清贫的",而我表示毫不在乎时,他在赞许地微笑。

在我周围像安老师那样的不止一个,萧金芳先生是有大气魄者,和他短暂的交往,却印象深刻。当长夜之后曙光来临,他已经七十七岁了。知识渊博,精通法文,北京外语学院、政法学院都请他去,结果没去,准备进即将成立的上海法学研究所。每次见他,谈锋凌厉,刺痛时弊,有"辣子"(他是四川人)味。有一晚我们闲谈,他不叫萧老太开灯,如日记所言:"我们在阴影中谈话,只有窗外透入一些淡淡的光,我们能体会到互相的声气,能感到互相的情绪。"当时就有这么一种暧昧的氛围,大家敞开胸怀,好像都在同一条起跑线上,不问老幼,不计尊卑,相互激励帮助,拥抱同一个明天。萧给我解决翻译上的疑难,对我的处境提出忠告,最记得的一句是"凡事勿苟且"!

我在热恋中。女友汪卫星是学画的,因此也认识一些美术界人士。我们跟萧家奎老师学水彩画,常在礼拜天同他的学生们骑单车去郊外写生。他带我们去拜访了颜文梁、承名世、谢稚柳夫妇等前辈。我大有唐人"温卷"之遗风,或赠诗,或出示书法求教,虽然被承名世先生批评说根基不深,使我脸红。也是通过萧老师认识了刘明毅,一到他家,发现其妻陈云霞原来是我航校的体育老师,连呼世界之小。明毅在"文革"中已经翻译了八十万字的美术资料,其父刘汝醴是南京美术学院教授,专治美术理论。明毅也热心帮我,说他父亲明年要招美术史研究生,问我是否有兴趣。其时陈老师是三航局干部,也说如我想调进局设计科的话,她可以帮忙。

我的机会随着圈子在滚,如夏天里滚雪球,不是越滚越大,其中各种私人纽带犬牙交错,但在艺术上各有其话语和趣味,圈子之间不搭边。在颜文梁先生家里,方始领略了印象主义的画风,一幅幅风景小品画得极其精细,色彩鲜丽,兼有莫奈的朦胧、毕沙罗的点彩和雷诺阿的浓艳。

而且颜老久已眇一目，我在《为颜文梁先生作》一诗中赞颂道："天上的明珠失落在海底，/给人间带来奇丽。/参悟了三万个晨昏的奥秘，/两颗并一颗，如今更神奇。"

五十年代之后的油画界崇尚前苏联式现实主义，像颜先生的法兰西风虽属于另册而遭受压抑，仍尊重写实，不越过前期印象派的底线。萧家奎和刘明毅稍稍越界，对后期印象派大加赞赏，刘明毅翻译了凡·高的传记，但碰到抽象主义，两人就大摇其头。

忘了在哪里见到汪之杰先生的。汪之杰毕业于中央美校，是徐悲鸿的高足，1957 年被打成右派。初见到他的一幅肖像画，正宗前苏联画风，但并非照相般真实，那种凝重的笔触似乎触及物体的内质，令我想起塞尚，越看越震悚。8 月底一个秋阳骄人的下午，我和女友去看他，敬畏如朝圣一般。在双阳路一个八平方米的矮屋里，一张床占了大半。他的面色比上两次见他时好些，而病态仍在，目光灼灼，孤傲如昔。他说中央美校正在解决他的问题，对 1957 年之事的清查结果是：纯属虚构。我们听了为他欣慰，但二十年里他吃了多少苦头，令人扼腕。汪之杰一边看画，一边笑，怕讲得太重，怕使人难为情。从他那里可听到"现实主义"的精髓：你必须研究自然，深入对象的本质。

对象不会给你任何东西,你若要把对象画像,必须研究对象。

另一位陈创洛先生,在展览会看画时认识。他毕业于上海美校,走的是新派路子。住在吴江路天乐坊,和我的住处一箭之遥,于是熟悉起来。他醉心于抽象主义,对毕加索情有独钟,且竭力使之与中国传统美学相融合。他对于新知的热情令人敬佩,单单法国画展就去看了十二次。对我这样倾向抒情感性的人来说,觉得他太着重观念。但事实上他代表了"开放时代"的风格,"新概念"使他摆脱历史而另辟蹊径。在八十年代初《中国——瓷器》一画在日本受赏获奖,成为新潮的领军,至今蜚声画坛。

从七十年代末开始了新一轮外来文化的狂轰滥炸,一时间中国又成了新旧世纪的老君炉。我们是那么贪婪,凡是到了嘴边的,不照单也吃。日记里那些看过的电影和美术展览都有一长串,也不放过广播里的音乐,肖邦、德沃夏克、科萨科夫、柏辽兹、勃拉姆斯、德彪西……却赶不上日本电影《追捕》的打击乐,在电视里播放,从家家的窗口传出,夜晚的街头加快了脉搏。

那时我是茫无头绪,觉得自己潜力无穷,三脚猫什么都想出手,市里举办书法篆刻展览,公开征稿,我送作品去,结果落选。又寄诗歌给《诗刊》,退稿。对什么都觉得新鲜,在上海图书馆里阅读《考古学概论》、沈从文《龙凤艺术》、沈尹默《书法论丛》等,即给迷住,笔记作了一大箩。在6月的日记中,曾在船桅上眺望吴淞江,心旷神怡而诗兴大发。或沉醉于求知的海洋里,荣辱两忘,还表示不想急于离开修理厂。但形势不饶人,不光周围的同道们已在雷厉风行,后来愈觉得厂里不能久留,外单位来借调我去搞翻译,不同意;有一阵差点要把我调遣到连云港去工作,突然觉得不安全,还给我穿小鞋。

其时找出路,外语翻译是条捷径,这方面黄天民先生对我的帮助至为及时。他毕业于圣约翰大学,原是上海电影制片厂翻译部主任,住在我们同一条弄堂里。他女儿黄英是我小学同学,其兄黄仁是我的棋友,时而结伴出游野外。"文革"后期常去他家,加入了黄老师的英语班。虽说被抄过家,搬走不少东西,但如不僵之虫,仍有些宝货,从他家借到"五四"新诗选本及《淳化阁帖》等。反正之后,黄老重操旧业,翻译西洋电影资料,让我译美国百科全书中的电影资料,并发表在电影厂的内部刊物上。他后来计划庞大,准备创办《外国电影》刊物,然而发觉我心猿意马、不能专注投入的样子,颇不高兴。

我像个没头苍蝇,胡串乱闯,但梦里老是做到文学。大约是情感久遭禁锢之后,对于纷至沓来的新奇,特别容易兴奋。读了徐迟的《哥德巴赫猜想》和《祁连山下》,便想立刻给他写信,寄作品给他看。看到夏衍在全国文联的讲话,整段地抄录下来。且表示要照他所说的,去挖掘、研究新时期"英雄人物","给社会树立其典型,是文艺家的光荣任务"。虽然诗作屡投屡不中,仍在刻苦地写,在时代与自我之间分不清真假。

　　那时开始翻译波德莱尔的《恶之花》、爱伦·坡的诗和小说。十多年前认识朱育琳时,惊叹其美轮美奂的译笔,便怀着接触外文原作的梦想。爱伦·坡的《安娜贝尔·丽》被朱育琳称为千古绝唱,现在自己终于能着手于斯,即使其中的"哀"音难以传神,也欢喜无量。那些文学原典购于福州路上的外文书店,在二楼的旧书部有卖主要是抄家没收的书。难以形容初获《恶之花》的那份惊喜,1952年的经典旧版,五脏俱全,有名家注释。把朱育琳的几首翻译一一对照,人亡物在,"恶魔"的记忆被唤醒,徒增一分时代的沉重。

　　从那里还买到拉马丁、瓦雷里的诗集。觉得前者闷、后者玄,都不亲近。似乎和恶魔特别投缘,又买到波德莱

098

尔翻译的爱伦·坡小说，后来又买到《爱伦·坡全集》，厚厚的一本，红色的漆布封皮已经磨损，却要价四元，频呼"辣手"之余，还是纳为囊中之物。那时我的月薪是三十七元一毛，据我们航校学生的自嘲，属于"3710部队"。

累呀累，人呀人。"感觉异常乏力""只想睡""昨夜一时半睡下，拨好闹钟""鼻炎严重、头涨、神疲、咳嗽"之类的字句充斥在日记里，但又处于极度的亢奋中。所有的信息，无论来自公私渠道，无不意味着希望、未来的允诺和新旧的冲突，从而激起阵阵诗的狂喜与愤慨，倾倒激情澎湃的宣言，和报纸社论的语调何其相似乃尔。这段时间也在不断地自省，凡是师友的箴言、失败的教训都促使自己更加踏实和谨慎，甚至涉及平时待人接物方面，对"心中之贼"穷追猛打，痛加批斗，可说是真正的"灵魂深处爆发革命"，却完全出乎自觉。另外意识到所骛过杂，因此一再告诫自己必须确定主攻目标。特别如刘明毅说的，不要搞"报屁股"，要翻译能够站得住的东西，便有耳提面命之效。到10月初开始住在厂里，在宿舍夜读之时：

　　……两只老鼠作纵横坐标。九点多终于出现一只大老鼠，像吕宋面包，滚壮。于是乎老鼠们在我周围捉迷藏,闹得不亦乐乎。或许蚊子嫉妒我的安乐,也来骚扰。深秋的蚊子犹不肯死绝,讨厌的嗡嗡声还不愿消逝。这间屋子里还有蟑螂、霉味、湿感、尿臭气。

数月之后报考复旦中文系唐宋文学专业,因名额限制,转为元明清专业,后来章培恒老师说,在考虑录取时,我的外语是个因素。努力没有白费,虽是歪打正着。在递交的材料里,也附带着那些翻译稿,包括在黄天民老师编的《外国电影》上发表的数章《卓别林自传》,这些大约都起了作用吧。

日记没写下去,太累了,后面也越写越短,所剩下的就是行动了。

再遇"恶魔诗人"

七十年代里写的诗,以前抄过一些,想想还有,在杂七杂八的纸堆里搜罗,共得三十一首。在日记里发现还写过不少,如给《诗刊》投稿的《汗》《当炊烟升起在黄昏的江边》等诗题,大约自觉是"假"声,就自然流失了。这些诗写于1977年7月到1979年11月之间,与日记的时间相近,同样是时代的回响,却呈现了生活与心灵的不同影像。和日记不同的是,在诗中则记录了走向开放的激情、过去的梦魇以及新的压抑。

1977年7月7日写了《心中的百花——在美术馆见林风眠先生新作〈百花图〉有感》一诗:

我为我生命中新的生机

　　感到极度的喜悦;

也苦恼着怎样表达

重新感受美好的一切。

我久久凝视着那幅《百花图》，"清江的水、晴岚的翠、朝露的虹、明霞的云"，四周已如春光一片。不由得问道："多久了，你关闭心灵的窗，/被风雨无情地摧残？"画家的复出意味着新的希望、新的召唤，在我心头激起浪花。此诗最后表示："为珍惜这苏醒的春光，/为让百花开得更加茂盛，/我也要重新提起诗笔，/写出祖国的希望、未来、春……"

5月里看的展览，到7月成诗，这期间是否有哈姆雷特式的"写，还是不写"，大概有一番踟蹰。十多年前有过一段写诗的经历，那是"少年不识愁滋味"，伤感、颓废的梦幻世界，由一种个人的语言构筑而成。十年之后"重新提起诗笔"时，倒退还是进步，自己也闹不清。"我"成了"祖国"的代言者，如此明亮而写实，竟重现了那种曾为自己鄙视的五六十年代的诗风。是自我救赎？心有余悸？对过去"罪孽"的刻意遗忘？还是想象的翅膀断了，再也飞不起来？事实上人变得现实，被"文革"洗过脑，首先体现在语言上，所谓"苦恼着怎样表达"，却没多少选择的表达空间。

福柯说语言印刻着权力,通过我们的身体,其实更通过我们的心灵。

　　然而在《雾中花》里,希望是灰暗低调的,夹杂着无奈。此诗的首尾两段:

　　　　年轻的吉他手目垂眉低,
　　　　满怀愁绪将琴弦拨起。
　　　　再唱一曲《雾中花》,
　　　　倾诉不尽缠绵意:
　　　　"你是一朵雾中花,
　　　　开在雾中太神秘。"

　　　　呵,朋友,且收起叹息,
　　　　虽然青春已成往昔,
　　　　快乐的日子总会到来,
　　　　唱完一曲吧,怀着希冀:
　　　　"盼望你不要在雾里,
　　　　雾中是一片凄厉。"

　　这是写给贾良安的。一位优秀的青年,比我小几岁,帅哥模样,歌星做派。有一阵他常来找我,带着心爱的吉他,也带来了港台歌曲,在我的小阁楼里低唱。这首诗让他感动,每一段末尾用《雾中花》的歌词。另一首《绿岛小夜曲》我也喜欢:"这绿岛像一只船,在月夜里摇呀摇……"他更喜爱美国乡村歌曲,送过我一盘带子,歌手当红于时,其中有几首歌令我回肠荡气。后来出国没带这盘带子,在美国想找,可惜忘了歌手的名字。

明亮难逃黑暗的追捕,十年梦魇挥之不去。如《记忆的暴雨》中:"记忆的利箭由暗角射来,/把我钉在往日的棘丛里;/血滴的言语使花儿颤抖,/渗聚在深夜喷涌的井底。"前面讲到我第一天的日记,富于戏剧性的是,当迷醉于德国钢琴家的演奏时,邻座的一个小女孩引起我注意,在她眼中闪现了我的暴力的记忆,想起那些曾经惨遭厄运的钢琴家。后来写了《钢琴》一诗,由女孩产生的联想而慨叹:

> 这可怕的暴雨没有穷尽,
> 一幕幕悲剧像不绝的幽灵。
> 那朵艺术的蓓蕾从此枯萎,
> 青春的花瓣在苦痛中凋零。

呵,希望的琴声从此消逝,

呵,春天的花园惨遭蹂躏;

多少动人的歌喉变成喑哑,

多少优美的诗篇化为灰烬……

我个人在"文革"中的不幸遭遇其实是微乎其微,而且想起我耍的小诡计,还会莞尔自得。然而在我的诗里,那种苦难和不幸却表现为一种集体记忆。这是很自然的,我所接触的都是些受迫害的,各有悲愤的"十年"。在我1978年6月12日的日记里:

……张小英带她妹妹来看安安,于是吃糖闲谈。她妹在提篮桥关了足足十年,刚出狱。人略显苍白,说在关押期间她的身子逐渐缩短。她似乎还想用功。她是复旦六七届英语系毕业生。今天报上又有大批冤案错案平凡,确是可喜的事情。只要民意大顺,全国团结一致,艰苦奋斗,四个现代化必能实现。

和张小英一起学了好几年法文,却从来不知道她的

105

妹妹在牢里。这些并不新奇,在"文革"里司空见惯,但现在人们可以谈论自己的故事,虽在私下里,大家的经历差不多,感慨万千,不堪回首,而苦难也来自同一个根源。我的评语甚有意味,这或许是一种"大我"的投影。确实,经过了"文革"的洗礼,谁也不可能独立于那个已经变得如此"统一"的"共同体",而从废墟上重生的"大我"充满着未来的理想,分享着共同的语言,不分"人民"、"民族"和"国家",即使身上的伤痕累累。

这"十年"是无法描述的,但仍在逼迫着我。终于在1978年年底写了一首小诗,即《十年噩梦印象追记》:

> 从号嚣的大街到死寂的小巷,
> 匆匆疾行,从拐角转入弄堂;
> 将惊疑的一瞥投向深黑,
> 又匆匆疾行,向深黑的前方。
> 踯躅在郊外的灌木丛里,
> 伫立桥上,凝视死睡的村庄。
>
> 独栖斗室,仍不得安宁,
> 囚犯们在思想的牢里骚嚷。

只在梦中，牢门被偷偷打开，
片刻阳光照亮他们的心房。

　　犹如戴望舒诗中出现过的"夜行者"，集体记忆诉诸一种个人的视角，也算不无勉强地给自己讨了一个说法。如果在福柯的"知识考古学"的意义上，我的"噩梦"有幸不幸地与波德莱尔再度遭遇。1978 年夏天开始翻译《恶之花》，草稿打了厚厚两册。译得很快，似乎不求甚解，只为了满足好奇，能一睹"恶魔"的全貌。在波德莱尔的想象世界里，美等同于恶、死亡、梦、女人、猫、迷药，但我无法把"十年噩梦"化为神奇之"美"，其间有一道无法跨越的伦理的鸿沟。在我的理解里，诗人怀着浪漫的激情和理想，同情弱小者、被压迫者，最具范式的是《天鹅》一诗的结尾："想起俘虏、被征服者……一切悲凄！"确实对我来说他的世界很遥远，却是属于未来的遥远。到很多年之后才懂得这位"发达资本主义时代的抒情诗人"，曾加入过"巴黎公社"的街战，在他的诗和散文中无数的老妇、妓女、乞丐和农夫，都是为社会新秩序所排除的畸零人，背后矗立着工业时代机器的怪兽。

　　十多年前写诗和波德莱尔有过遭遇，那多半是朱育琳,从他精致的翻译知道《恶之花》的颓废之美,我仍珍藏着他的八首翻译。在拜访过汪之杰先生之后,我把《天鹅》抄了一份,寄了过去。借花献佛,表示艺术的价值,也因为汪之杰谈到美的本质在于"同情"和"安慰",使我想到朱育琳的"艺术像鸦片"的话,实际上异曲同工,两人的灼灼眼神碰在一起,都强调艺术家的深刻同情及完美的形式,这样才能给人以真正的感动。

11月里航校同学夏同林说朱育琳的弟弟要找我,想知道他的死因。我也说不出什么,只是听说他被关押在光明中学里,被红卫兵严刑拷打,他自己从楼上跳下而死。恐怖分子还会自称是暴行的凶手,但朱育琳是白死,死得无声无息。当然从我那里还是难知真相,和同林一起去朱育琳家,他父母在里间不愿见我。

一边翻译《恶之花》,一边写诗,两者似不相交,却心有灵犀,是一种无意识的交感。我尤其喜欢那首《仇敌》:"我的青春是一场黑暗的风暴,/疏疏落落漏过明亮的阳光;/雷雨交加造成如此的凋零,/花园里红色的果实丧失殆尽。"很自然的,在我那里"青春"成了"十年"的隐喻,在我的诗中反复出现,如《青春的回响》最后一段:"啊,如今我害怕伤感,/像深秋的花怕经风霜;/往日的扉锁不敢开启,/

108

青春的回响充满悲凉!"更明显的出现在《生者和死者的眼睛》的开始一段:

> 我的青春没结出丰美的果实,
> 只留下一只小盒,晶亮而透明。
> 里面不装珍珠,也没有金银,
> 装着一颗颗记忆中死者的眼睛。

　　下面五六段以赋体分别描绘"英雄""慈母"等不同人物类型的眼睛,与死亡、暴力相关,当然包括朱育琳"睿智"的眼睛。这意象的发现给我带来一阵战栗,和"恶魔"再度遭遇,必然面对死亡,正如此诗的最后一段:"这记忆的小盒谁也不能夺去,/但我必须隐藏悲伤的泪痕,/也许我会被狂风突然卷去,/从此在亲友的记忆中永存。"自觉这些句子写得很弱,但这次的死亡遭遇与以前不一样,在美的天平上增加了历史的砝码。当"青春"成为记忆的载体,并且也相信自己的死亡也必定充填他人的记忆, 像这样的意象,想想也不美,也过于沉重。

　　这种集体记忆的书写超越了波德莱尔的想象, 或许如夏志清所说的"情迷中国"(obsession with China),或如詹明信说的"民族寓言"(national allegory)。对这样的文学主体可见仁见智,但也是受制于一定历史条件的建构,对我来说也有"十年面壁"的功夫,带着被动中的主动。而所谓"民族寓言"也千姿百态,或主题先行,或诉诸主观感受,当"青春"的悲剧性继续在我的诗中展开时,我相信已经愈远离于"四个现代化"的主旋律。1979 年《二月某日街上所见》一诗写于目击了青年的游行之后。在他乡接受了十年"再教育"之后,他们要求能够回城的权利,诗中写道:

> 这是一列长长的送葬队伍,
> 悲悼早逝的青春,没有哀乐;
> 被这场暴雨最残酷摧残的
> 是你们——希望的蓓蕾!

写到这里自然想起了波德莱尔的《厄运》中"我的心像一面低沉的大鼓,/敲奏着丧礼的哀歌去送葬",或者《活着的火炬》中诗人们神圣的队伍,为灵魂的苏醒歌唱,走向美的大道。然而我所描写的真实:"凌乱的队伍,破碎的旗,/目光中三分忧伤,七分悲愤。"一种既不见于当日的报章也为后来所遗忘的真实。

这么写的时候,有过关于诗与历史、美与真的思索。事实上一系列退稿的经验已使我明白,自己的写作已处于某种"地下"状态,作品不可能被发表,我也不想再投出去。11 月底看了"民主论坛"之后,在日记里写道:"如果说我曾顾虑到我的诗不能与读者见面的话,那么我不必担心了。我的创作将具有新的生命,一些新的、更为广阔的题材将会产生。为真理而奋斗,是幸福者! 能投身于真理之事业,是幸福者! "

今天读这些句子,简直不敢相信那时的我,是那么富于理想。确实,在为那些青年悲悼时仍然豪壮地表示:"我们注定是'伟大'的一代,/受尽创伤,却必须坚韧;/面对这座贫穷的大山,/挥起铁镐,死了享乐的心。"我想对于我这一代来说,这样的理想主义大约也不在少,在高调中含着焦躁和压抑,一直要到八十年代末才告幻灭。

1979 年 8 月写了《渡江》和《秋晨》两首,在陆家嘴轮渡中,向十多年来朝夕相依的景色作别,"禁不住思绪茫茫",感伤与希望交集在一起。10 月里参加了朱育琳的追悼会,事后写了一诗纪念,创口又给刮破:"你携火/从悬崖上奔下,/邪恶的黑云如狼群/突然把你吞噬。/你倒下,像巨石崩裂,/我遭斧斫般伤心彻骨。"在追悼会上见到了从

111

前的诗友钱玉林,只觉得怪怪的,没有和他打招呼。黑云散了,还是怕蛇咬。

进了复旦之后,又写了几首。其中《猫头鹰》写得平实,自己却喜欢:

不伦不类,似盹似醒,
惯于白日做梦;
一枝而栖,不求闻达,
有古怪的脾性。

月光在林间浮动,
农舍传出酣睡的鼾声;
你在田间开始工作,
直到东方白、村鸡鸣。

有人给你画像,
表彰你的辛勤;
有人把你禁锢,
怕你夜里睁着眼睛。

《恶之花》里有《猫头鹰》一诗,好似一个睿智深思的"教育"家,向世间的"喧嚣"和"躁动"发出警告。在我的中国诗境里,则着意为知识分子画像,猫头鹰也不幸受到株连,"文革"中"黑画"事件众所周知。(正巧最近在《书城》上读到李辉的"黑画事件"之文。)在日记中言及,我也养过一只。1978年底一天下班,看见一群小伙子围着一只小猫头鹰,顿生恻隐,花一块钱买下,上了轮渡才发现它已盲了一目。为了喂食,有时我去邻家讨肉。晚上在小阁楼里看它眼开眼闭的样子,似乎惺惺相惜。有一天回家它不见了,我怀疑跟我妈有关,她很不喜欢,说是不祥之物。

　　三年里写了不少诗,写得很辛苦,过于讲究韵脚和结构的整齐,和六十年代的诗作相比,反而失去了一些珍贵的东西。其实在新时期"向前看"的心态里,以前诗中的个人性重又受到了压制,也失去了和古典接轨的那一路,这一点是可惜的。最后一首是《夜巷》:"明月泼银/小巷变得美了/……便桶一只只/排列散乱/像自满的侏儒/藏着污秽//墙角的泔脚缸/豁露肚皮/瓜皮的嘴唇重叠/没心肝和眼睛/……黑夜的单恋者/影中之影。"也许刚翻译了一首爱伦·坡的诗,诗人悲叹"我们所见所感的一切,/只是一个梦中之梦"。我的"影中之影"不那么虚无,却似真似幻既美又丑的,不再有高调的呼喊和集体的激情,大约是自己的身份变了,变成一只象牙之塔里的猫头鹰。

看来那种"民族寓言"的主体建构好像也很脆弱,诗的自我又阴暗而飘浮起来。不过此时我开始收心,觉得能有这样的学习机会很不容易,怀着一份感恩,一心扑到学术上,诗也行将再度落幕了。

(刊于《书城》,2009 年第 5 期)

辑 三

回家的感觉

"你应该回去看看。"常有人对我这么说，尤其是最近这几年。

在外边一晃十年，没回去过，怎么都说不过去。跟人这么说的时候，发觉自己的眼神开始不自然，在躲闪着什么。

说要回国看看，许了种种的愿，最重要的是要找回家的感觉。越说要回去看看，感觉里越有一种距离。

一旦回了家，当晚便有了回家的感觉，这并非幻觉。和家人、亲戚讲了一回话，也差不多要午夜了。弟弟说还早，便拉我去隔壁弄堂口吃夜宵，点了几样菜。弟弟一边抱怨说菜味做得不正，一边说应该找个更好些的地方。其实也无所谓，是想喝冰啤，开个话匣。

这个小吃铺是外地人开的，也有两三年了。据说是弟兄三个，租了一弄、三弄、四弄的弄口，都挂"兰州拉面"的牌子，其实跟兰州没关系。

一块铺板上陈列着二三十个小碟子，生鲜的鱼肉蔬菜在日光灯下，看上去惨兮兮的，就不怎么生鲜了。我觉得这种陈列的方式有些异样，以前从来没见过。

弟弟讲他的故事，我本来只知道个大概。除了他的离婚，还带了一个孩子，孩子书读得不好，今年升初中，破例不通过考试，也不讲成绩表现，摸彩的结果，却进了个市重点民立中学，把左邻右舍眼镜跌破。

但他和另外两三个女人的关系，我都不怎么清楚。弟弟长得挺帅，在家庭成员里，他从来是最难定位的，生活里也确实一波三折，但他的语调娓娓，没有炫耀，也没有抱怨。所陈述的，是他对生活的那份理解，听上去挺实在。他说他已经四十五了，没几年可以折腾了，最好能出去走走，做什么都无所谓。

那份成熟顿生士别三日之感。我出去时的弟弟好像不是这样的，到底也有十年了，我心里这么想。有两三回他没在意的时候，我端详他的脸：帅气犹存，看得出他仍然在意修饰，但我从他的眼角的皱纹体会到岁月的沧桑。

对弟弟来说，我似乎是一个很好的听者。我去新大陆一转眼就是十年,转来转去,前后不离学校。对生活的兴趣,老是隔着书本,所以和生活之间,让人觉得有一种距离感。或许我弟弟正需要这样的距离感,他觉得我能听懂他的故事。

摆摊的到底是外省来的,掌勺的侍候我弟弟的眼色,想把菜烧得正,不是色泽深,就是盐下得重了。结果说是少收了几块钱。

我没说什么,也没感到有什么不对劲,一切都这么自然。

回家正是时候

　　睡在亭子间里，一时没睡着，隔壁传来鼾声。从窗口望出去，没有月光，也不太黑。对面的楼檐和天空的轮廓还是十年前的老样子，依稀可辨。我没数星星，却能够辨认夜归人委蛇走进弄堂的足音，对话渐低渐高，又渐高渐低，听得如此分明。中间醒过一次，从就近窗户传出搓麻将的声音，清脆有序。

　　第二天早早醒了，天亮过不久，弄堂的忙声已经嘈杂起来。清洗排泄物的气味刺进鼻孔，也像昨天一样。

　　虽说是一觉十年，回来看看正是时候。拆迁是迟早的事，前两年的家信就开始嘀咕，不过现在还没拆。包围圈越缩越小，吊车、脚手架、临时围墙，已经举目可见，仿佛兵临城下。

　　家住石门一路华顺里，一共七条弄堂。我们四弄，恰处于南京路和威海路之间。附近成都路、延安路早已竖起了高架通道。对街的张家花园靠近南京路,素来是令人称羡的新式洋房里弄,在年初突然消失了,而现在威海路拐角也变成一片瓦砾,弄堂居民方觉得拆迁迫在眉睫。谁也说不上到底是怎么一回事,似乎都已经惯于处变不惊了。

迎新送旧不必放鞭炮,但得朝钱看。计算着旧房的折价和新房的要价,有的心头踏实,有的不安于枕。

我只是心里明白,怀旧是不健康的。离家越久,越缺乏现实感,生活在记忆里,是自然的事。所以我对于生于斯长于斯的弄堂,就眷恋愈深了。

说回家找到感觉,完全是一厢情愿。心底是一种送终的感觉,是世纪末诗情作祟,还是年鉴学派式的历史癖作怪? 还是染上了对中国的猎奇心理? 自己也说不清楚。

弄堂的病没治

弄堂亦垂垂老矣，其实有病，病入膏肓，奄奄待毙。

比从前更脏、更窄，也更没有人在乎。这些年，家家户户屋里的东西增多，欲望长膘。既然私人领域先天不足，就更讲究对公共空间的开发和利用。

左边是前门，几乎每个门口都停放着自行车，随便地靠着墙，看上去都脏而锈。以前还不是这样的。有一辆自行车当宝，一到傍晚就小心放到灶间或天井里，一到礼拜天就擦得雪亮。现在谁会这么做？一辆自行车？哧，毛毛雨。

右边是后门，也几乎每个门口都增加了水龙头和水斗。人头没减少，要洗的东西多了，从吃的到穿的。开源不必节流，却减少了人际摩擦，岂不善哉。

从弄口向里头望去，竹竿排排叠叠，大概二层楼高度。

晾的衣裳蔽天盖日,争奇斗艳,镶边文胸、真丝内裤、Polo T恤、时款花裙……招摇着欲望的盛夏。

如果这里有什么美学的话,那就是以"有"为美,能"用"为美。

凌迟于新旧之际,我说不上悲,也说不出喜,却怀着一种距离的恐惧。自己也无法保持距离的诗意,但诗意仍然屈从于伦理和历史。

人有病,可以找医生,送医院。我们创造了文明,文明也产生了诊所、医院、监狱,可是弄堂有病,病体暴露,病菌蔓延。有人在计算即将来临的拆迁,门牌号的铁皮、细格的窗框是否可以投放到怀旧市场上。

传言说市政府考虑到上海的弄堂正在大批地消失,打算保留一些弄堂作为历史遗迹。真这么做的话,我倒觉得其中也应该把这副世纪末的样子保留下来,历史意义是不消说的,但只有疯子才会这么做。

弄口变迁

兰州拉面摊雄踞于弄堂口,景观不敢恭维。一个熬汁的大锅,数张杂凑而脏腻的桌凳,墙的另一壁戳出两个给吃客送凉的风扇,罩子黑黏油腻,也懒得擦。小老板在切牛肉,下面堆着黑乌乌的煤饼,盘子里盛着煮熟的面,在招徕苍蝇。

拉面是廉卖地方风味,吃口有"韧劲",吃拉面感觉挺好,也给我回家的感觉。但给我家里知道了,说这不卫生,而且说我从外国回来,这样在弄堂口吃面,给人看了不好。

谁能掂估这个拉面摊的经济学、法律学和文化学?原是老虎灶的小梅英——五十年代来沪的外乡人——把灶头和弄口租给了卖拉面的,三千五一月。这个钱据说她用作他途,或是做更有出息的投资吧。有人抱怨面摊的煤烟污染他的窗口,说要告小梅英,让面摊摆不下去。于是小梅英不得已解囊,每月补贴两百,堵住了窗堵住了嘴,也堵住了法律的漏洞。

我小时候,最初是"歪嘴"在弄口设了一个摊,约是五十年代初,卖长生果、蜜饯、白糖杨梅等。铅皮匣子一个个排得井然有序的,玻璃罐子一个个擦得雪亮。歪嘴嘴贱,一早就开骂,骂小二骂王婆,甚至骂到天王老子,于是给户籍警孔同志叫去谈话,后来这个摊子也就不见了,歪嘴也不知去哪里了。

那时,弄堂口的墙也算干净。继父原是广香南货店小开,就在四弄口,公私合营之后,他也不怎么去经营,夜里和华洋百货店的小开老三、弄堂里的阿良等在马路上打猫,店里阿四煮了大锅猫肉,放了许多生姜。后来继父夜里在弄口摆摊,油炸春卷、吐司面包,香飘十里,熏黑了半壁墙。再到后来,来了秃头老黄做工光生的皮匠摊、苏北老蒋偕妻带女拖鼻涕的油豆腐细粉摊,到小梅英碎舌拌酱的鸡蛋煎饼摊,弄堂口越来越邋遢。

我家三分鼎立

数年前在洛杉矶读到曹冠龙的《阁楼上下》,听阿城说好。写数口之家蜗居阁楼的窘境穷相,不由得击节称绝。那种过细的描写使我感到亲切,而更多浮现眼前的,是我自己老家的情景。

我们的境遇似乎优越得多,除了阁楼,另有一亭子间、一灶间。上海弄堂房子的角落,让我家占尽了风光。

这优越也许更是文化上的。曹家的阁楼在南市区,也即老城区,我们地处市中心,藏纳了更多的"洋场"渣滓。

这么说并非自诩,单是华顺里七条弄堂,历经五十至七十年代,不乏藏龙卧虎之辈,有机会容我细细说来。

十年不还乡,感慨是难免的。这使我想起一个古诗里熟烂的典故:丁令威回家,发现人世沧桑,城郭俱非,但我发现我家依然是亭子间、灶间和阁楼。

这几年里,家里人四处奔波,求告于单位、部门的姑姑奶奶们,要求解决住房"特困"问题,但至今三间斗室依旧,原因无他:他们原是细民,且落后于改革的班车;政策没来得及顾上他们,他们也赶不及跟上政策。

于是眼里出火,眼看着楼上赵申申,原是工商局里的芝麻官,就跳高枝套了房。隔壁二毛趁股票风发财,新房买到霞飞新村。从五十年代以来,住房条件与身份相表里。改革开放后,我家里的父母弟妹,不是退休,就是下岗。其实弄堂里住得较有头脸的,那些住厢房、住前楼或后楼的,跟我们也差不多。靠"淘糨糊"发的,到底不多。

我家分两处,一处是在紧贴弄堂的街面房子里。店面原是自己的,1956年社会主义改造以后就归公了。阁楼约有六平方米,一米二的高度,站不直腰,原是店铺里搭起来的。灶间在店铺后面,后来也利用做了房间。从灶间的后门出来,弯进弄堂没几步,第二家楼上就是我们的亭子间。

在国外,每想起我家的弄堂,像一部节本的《春秋》,想到六十年代初为止,那时我们五弟兄姐妹还没有东的东,西的西。你可以想象,在弄堂口的三角地带,我们的家庭活剧占尽了弄口的"市面"。

属于那种"贫贱夫妻百事哀"的家庭悲喜剧,在我们特殊的居住环境里,也能用得上《三国演义》的开头两句:"分久必合,合久必分。"

抢写私人历史

走进后门,窄窄的过道里,有熟悉的水斗和煤气灶,这是厨房。过道通楼上,其实水龙头是公用的,住楼上的可以下来用水。沿着过道,从左边打开另一扇门,就进入所谓灶间的房间了。

比起十年前,灶间还是灶间,近十个平方米,不增也不减,屋里的东西却多出了好多。灶间里面的景致,如果描绘得越是工细,就越有历史感。但我简直不知道从哪里下手,更怀疑现在还有没有"正宗"的工笔画手艺。

我怕自己失了耐心,得赶快把这一切写下来。一言以蔽之:这是一个私人领域的现代化缩影,却如此凌乱无序:一种以"有"为美的典范。在现代生活、现代人性的实现里,几经风风雨雨,酸甜苦辣。

所谓"现代化"的标志,首先是那些家庭电器,洗衣机、电视机、电话机、微波炉、电饭煲、电风扇、空调器、滤水器……人家有的,我们不缺;人家没的,说不定我们有。

新的增加了,旧的没减少。不是因为舍不得,是没来得及丢,就这样,"螺蛳壳里做道场",越做越窄。

繁复的电线线路,像开了膛的鸡肚肠。杂色的电线,新的旧的缠绕纠结在一起,分不清谁先谁后,一个庸俗历史进化论的翻版。插头、接线板、开关、变压器,东一个,西一个。

一个坐着,想象这里发生的变化,以及变化的意义。竭力回想起从前的模样,是的,在这些变化的底子里,首先是一些基本改造工程。屋里的天顶、地板都换过了,连过道的两壁都换上了白瓷砖。弟弟说:"那是五六年前了,材料都是我去买的,整整做了两天。"

原先朝向小弄堂的窗被堵塞了,改成尺把深的壁柜。一隔两,上半部作壁橱,乳白色贴面的拉门,里面放秋冬的衣着。下半部是个玻璃柜,里分两层。上层有名片盒、金刚钻发膏、羽西面油、花露水瓶、定型摩丝、塑料笔筒及削了没削的铅笔、红蓝圆珠笔、化妆毛笔、歪了笔尖的派克笔……下层放着一套高脚玻璃酒杯、电话机、眼镜盒子、茶叶罐子、雀巢咖啡等。

向弄堂一面的窗,我在的时候就已经凿开了墙。现在沿外墙装了铅条的护栅。在尺把宽的间隔里安放着一个二尺半长一尺半高的鱼缸。缸里养十数条热带鱼,神仙、月光、斑马,还有假山、水草、白沙。

一个输氧管伸出水面,线头连着变压器和插头。一进屋,就能正眼瞧见这个鱼缸。我的小侄,能在缸前坐上半天看鱼,或许屋里只有他是懂鱼的。

墙的另一边,进门的左边,增加了与天花板齐的尺把厚的壁橱,也是白贴面的。一分三,上下有活动拉门,藏着不愿露脸的杂物。中间是半公开的纱门,是碗橱,放菜肴杯盘。另有几个抽屉,放碗、筷、调羹、汤勺等。

在进门处右手上方,有一个柜子,也是我以前没见过的。打开下边的门,全是药,还有伤筋膏、万金油。在这个柜上贴着一张彩色画片,一个猫和一个狗亲昵。这应当是我妈的设计,另安了一个塑料筷筒,好像是新近安的。

上边的门里藏着哪些琐屑的欲望,就不敢打开了。欲望的琐碎和善于遗忘,莫过于那个白漆的铁丝网架,在门对面的墙上。里面有剪刀、剃胡须刀片、尺、有些收据的皮夹、神奇药笔、一包 Vinda 纸布、一个袖珍收音机、一盒小号曲磁带、一包方便面调料。另外垂挂着一副老花眼镜、

131

一串五颜六色的塑料衣夹,夹着几张绿宝矿泉水票,吊着一个花格布袋。另系在架子的是一个布袋,里面放碗。

每天早上,老爸打开收音机,听一档怀旧金曲。每一样新增的物件,都意味着生活观念的扩张、欲望的滋养、秩序的调整。老爸说:"亭子间有一个二十九英寸的电视机,不久前,这里新换了一个十三英寸的,为大家吃饭的时候看的。"

或许是这个现代化来得太快,还来不及仔细规划,或许是因为条件的限制,处处沾着过渡的感觉。那种无序和苟且处处留下历史的痕迹和精神。

马桶的沧桑

留这一处没说，因为在感情上一下子说不清，那是仍旧放在角落里的马桶。

我家的马桶是一个白瓷的，不是一般弄堂人家的那种——木条块围起来的、椭圆形的、中间肚子微凸的、上中下三道铜或铁匝的那种。

我这次回家，仍看见弄堂人家不少马桶，早上拎出来，放在门边，这据说是雇了什么人来倒洗的。走进三号里，仍见到洗净的马桶，已经老朽不堪，搁在楼梯下，盖子倚在旁边。

从前，每天清晨天蒙蒙亮时，就有推粪车的，挨家挨户地把隔夜放在门口的马桶清理掉。然后是家庭主妇或老妈子，用马桶划丝，哗啦啦刷洗一阵。考究一点的放入银蚶壳，便于洗清污垢，然后声音就更哗啦啦了。声音伴随着气味,挨家挨户地渗进窗户。这样的气味统治了弄堂的早晨。

后来,大约是 1958 年,粪车不来了,在弄堂笃底处建了一个专门倒粪的,定期用大粪车来抽,于是家家户户自己拎马桶去倒。这件事在习惯上仍是在早上做的,一种勤奋、健康的表征。

在六十年代初,我家就再不用那种老式的臭气粘皮带骨的马桶,换成了瓷桶,套在一个木架子里,除了里面一个小盖子,上面有一块大的翻盖,上面可以坐人。我家的"现代化"意识,得追到这个白瓷马桶。这得归功于我老爸,不愧为小资产阶级出身,除了被改造的资格,还有改造环境的动力。这也归功于那年夏天发生的一次事故:楼上阿林娘的马桶突然坏了,粪便流了一扶梯,臭了个把月。

现在弄堂里有不少人家已经装上了抽水马桶。我问老爸:"我们为什么不也装个抽水马桶?"言下之意是我老爸怎么不继续革命了。"那是缺德的事,我才不这么做,你知道他们装的抽水马桶下水管通到阴沟,通到苏州河,水质越来越污染。"他愤愤地说。

亭子间

亭子间是中央集权,集汉家朝廷、庙堂、内宫于一体。后来弟妹多了,什么宫廷政变、挟天子令诸侯、征诛讨伐等事, 都首先经过亭子间。现在政治功能让位于文化功能,成为"现代性"转型的大本营。

刚才写灶片间没过瘾,还是不够工笔。现在只能写几个侧面,凭手里的几张照片。照片里没有的,也不必凭记忆。所谓"照相现实主义",呈现的是生活自身的"逼真",细节没有遭到主观的筛选。不由得想起英国"怪杰"导演格林纳威(Peter Greenaway),在一部十五分钟的短片里,拍了上百个厕所。

亭子间有门帘,门只能开四十五度,因为门后右墙有从天顶而下的落地壁橱,是老爸自行设计及其"三脚猫"木工的杰作。中间空出一丈平方,作装饰、娱乐用途,体现这个亭子间的文化深层。

内分上中下玻璃隔层。上层放几本家庭相册;中层放茶盘、瓶装雀巢咖啡等物;下层最宽敞,有"快速自动电热开水瓶"、拿破仑威士忌、XO 等,还有一摞高级衬衫盒。

靠窗一长沙发,旁边的壁橱伸出尺把宽的地方,充作茶几吧。在玻璃底下有几张画片,从电影画报剪下。其中一张是理查·基尔与朱莉娅·罗伯茨,是《漂亮女人》的剧照。

坐在沙发上,左边一席梦思床,对面进门处一冰箱,旁边一五斗橱,上面搁一条长板,放全套音响,能放 CD 碟片、VCD 碟片,两边是喇叭箱和 CD 架子,直到左墙角一台二十七英寸的彩电。

整个亭子间,还是有些空处。别那么悲观,至少一对舞伴能跳跳文雅的交谊舞,能转几个身。冰箱上面四角方方,亦并无弃地。一套整齐的咖啡杯盘,还有一个小镜框,放着老爸的近照:西装领带,在浦东某公司大楼的办公室里。冰箱的上方墙上有一个镀金生翅的小天使,两手擎起一架钟。

电视机上方,挂着一幅印刷品:淡黄的底色,一位半身金发女郎,头顶上系一对黑蝴蝶结。脸部稍左侧长睫毛与朱唇相映衬,眉目略作俯盼状。扬起裸露的左臂,暴露光洁的胳肢窝。

床头是特制的木结构,一排凹进的壁橱里,放着一盒夜巴黎礼品香水、一沓信纸信封、一个小镜框,是我母亲二十出头的照片,时装款式,背着一个皮包。

另一张照片照的是沙发上端,靠背上方有一盒餐巾纸、一架电话机。窗和壁橱之间,电线插头、开关和接线板至少有四五个,凌乱、歪斜地和空调器、壁灯、床头灯、天顶电扇或在哪里被遥控的电器连接在一起。

不知当时为什么选这个角度,肯定是"暴露文学"的笔法。不过家里人说他们不准备因此而批斗我。

南京路、西藏路交叉口

立交桥上，希望多待一会儿，多看几眼。乡愁没来得及回来，从前的记忆也一时接不上地气。这里是从小到大再熟悉不过的地方：中百公司、食品公司、人民公园、大光明电影院、国际饭店……晚上八九点之后，行人也开始寥寥起来。

有人会听你的陈年烂账？在外国那些年，读洋人写上海的书，说这里怎么"闹猛"，是全市的心脏或动脉。我突然糊涂起来，不知道他们讲的是天宝遗事，于是觉得记忆也是可以怀疑的。

当下此刻的眼花缭乱，却不容怀疑。环顾四周，满眼无非是花花绿绿的广告。和我记忆里的南京路相比，一个最明显的变化，是城市有了自己的身份。靠的是包装，我们习惯上把都市比作女人，不都是男人的花样，就像报纸上又说某两个城市结成"姊妹花"之类的套话。

然而,真的是"闹猛",大楼、橱窗、公共汽车、电杆……林林总总的,铺天盖地,哪一处不是浓妆艳抹,撩人心目的?虽说懂得打扮的才真叫女人,但我们交上"后现代"的桃花运?真龙天子黄袍加身,不需自己操心。

所谓"一个萝卜一个坑",这个公司包一栋楼,那个老板租个橱窗,跨国名牌反映多元文化,背后的主子只有一个,那就是资本。

从天桥上看,最壮观,也最醒目的景致,就是美国的饮料广告。南京路朝东,一路逶迤到外滩,一个个圆形广告箱,红蓝白色的Pepsi,悬空在马路两边的电杆上。从南京路朝西,是可口可乐的牌子,同样大小的圆形,一直朝静安寺的方向延伸。再往西藏路南北方向望去,是清一色红绿白的7-UP。

广告开发了空间意识,但我不知道这是不是所谓"第三世界"特有的空间意识。这在美国看不到,至少在大城市。比方在纽约、芝加哥、旧金山的市中心大道的电杆上,也常见一色的彩旗,也是广告,但那是给什么音乐会、给什么画展做的,再不然是办什么文化节。这三家饮料公司的广告,在美国也无孔不钻,尤其是Pepsi,总是占电视的黄金时段,大约花不少钱,而这些广告本身也做得见功夫。

走下立交桥,抬头看桥身,也周裹着争奇斗艳的广告牌。你没注意看人,人来人往,也没有人闭着眼睛,并不是人看人。我们突然栽入"后现代",人是广告的一部分。其实你也无心看广告。

小孩喜欢看电视广告,大约因为能看懂,或不需要看懂。你每天走过广告,于是有了变化的感觉、受推动的感觉;你不可能会对广告产生厌恶,只是怕被它淘汰。

眼花缭乱,是因为视点多,不光是站在立交桥上的缘故。古人说"目不暇接",觉得自己的目光"接"得住,还真的要聚精会神。

而我在天桥上,只觉得走神。自然地想起了笛卡儿的名言:"我思故我在",其实有语病。人之所以区别于动物,不光因为人有思想,还因为有语言。在这句著名的表述获得逻辑思考或文字形式之时,自我的存在已经体现在使用语言文字之中。

不过,现在与其说是"思",不如说是"看",占据了意识的前台。所谓思想退潮,不一定剩下意识的真空。能由感觉、感性充盈其间,世界呈现的是它的色彩。

交通旋涡

　　九江路和四川路口，反而有安全感。那是又一波车潮，从南京路北边绿灯刚起，就蜂拥过来，然后自行车、汽车、电车、黄鱼车、摩托车、出租车、残疾人车……各走各的阳关道，有道没道，没道的抢道，有道的让道，疾如风，快如箭。

　　行人在其中，能走就是道。在车的旋涡里，感觉像条鱼，忘了自己要过马路。到底当时是昏头昏脑不辨东西南北，还是处变不惊，好像自己并没在意。想起来就这么神，那种车与人的默契，从前读《庄子》，也不过是这么个境界。

　　这段三五分钟九江路口的经验，我愈觉得有普遍性。惊险动作触目可见，结果都是化险为夷，和光同尘。另一次在四十一路公交车上，司机是毛头小伙子，白脸尖腮的，相貌长得不像程咬金，然而车开得像救护车，急刹车像发痼癫,车里几个老太已经鬼哭狼嚎。从瑞金路过延安路时,眼看要撞上一辆黄鱼车,却不需等车子戛然刹住,妙的是黄鱼车尾水一划,早已经滑到一边,踏车的把烟蒂在指尖上一弹,头也没扬一下。

跟老同学闲聊,听我说起这"交通旋涡"的奇迹:"这种理性和直觉的和谐,无序中有序;这种自在自为的精神境界,只有在有为无为的文化环境里才能充分发挥。""你可知道每天有多少车祸?"同学冷冷地说。"你这不会是文化猎奇心理吧。"另一个同学笑着说。

苦于回乡日短,容易把一些事情美学化。所谓拍照的功能,就是捕捉瞬间的印象,就好像记忆里的某个角落也被冷冻了起来。

我手中一帧照片,是个女司机的面部,搭四十九路时,从她前头狭长的镜子里"偷"拍的。突然掏出相机,可以说是美学上的冲动,她却不是美女,好在现在管闲事的人少。长得不怎么好看,但打扮得有风格。就像她的开车,开得野,却干净利索,有大将之风,炯炯一双豹子眼,紧盯住路面情况。嘴也抿得紧紧的,两片厚唇涂得猩红猩红。其实看上去蛮像巩俐,如果稍许瘦一点,肤色再白一点的话。一对耳环和腕上的圈,都是粗粗的十足金。

"淘糨糊"这句口头禅听得耳上生茧。但回想起来,各人的腔调、情态,以及涉及的事,都不一样。凡说自己在"淘糨糊"的,都显出自谦:"唉,淘淘糨糊。"但说得上"淘糨糊"的,也都有潜台词,藏着些得意,想藏又藏不住,或不想藏住。

"淘糨糊"可以为"交通旋涡"下个脚注:也是混沌一片,既指社会的,也指心理上的,传达一种运动感。一个巨大的涡流里,又有千万涡流,其中充满机遇、智巧、冒险,而神态上都出之以漫不经意。

走出自己住惯的弄口街角,来到延安路、石门路的拐角边,从前的那个邮电局已经没有,瑞金剧场也面目全非,改做别的用途了。马路对面是一片瓦砾,远处是一座座高楼。也照样是黄尘滚滚,人潮车流穿梭,如鱼得水。

站着,念了一会儿竖在路旁的"市民七不规范",终于心里泛起焦躁,又随之以惆怅莫名。

月份牌怀旧

"怀旧"与"白日梦"的相似之处,在于不离"情色"的狂想。白日梦是诗的,照弗洛伊德的说法,它源自于我们孩提时代的"游戏世界",其职能是这样欲望的满足,至于和诗人的创造性写作相联系,那就另当别论了。

怀旧心理也是为欲望通过想象的场域,因为历史的意识介乎其间,在白日梦式的迷狂中,提醒你当下即刻的现实。怀旧集意识、情绪与欲望于一炉,其心理过程比白日梦要复杂,但作为创作的未必,它不一定迷人。

怀旧是现代现象,更受宠于后现代。怀旧的前提是现代叙述体的确立,但由于"顺叙""倒叙"的叙事模式被"历史""进步"之类的观念所垄断,于是产生怀旧,是对过于枯燥的现代叙述体的补偿。而怀旧在后现代境遇里更大行其道,乃因为商品文化变得愈加精致。

怀旧毕竟和白日梦有别：与其将历史诗化，毋宁说将历史女性化。上海四处可见的二三十年代月份牌美女就是一例。大量的是印刷品，画册、明信片、书籍、广告牌等，在商店里、在橱窗里、在书店里……那是前一年，一位美国朋友从北京琉璃厂买回许多月份牌真件，使我吃了一惊。从小土生土长在上海，难怪在红旗下长大，虽说弄堂里杂色人等，也有人会唱三十年代的歌，但对我更觉新鲜的，月份牌美女还在其次，让我惊讶的是"文革"扫"封资修"扫了十年，"牛鬼蛇神"还是蜂拥而出，"民间"的文化层面也真了不得。

所谓怀旧，正是那些复制品，或者是印在各种商品上的月份牌美女。我在瑞金路、长乐路那里一家小古董店买了几张，看上去是真品。很难说是怀旧心理作怪，而是在斤斤计较讲价钱，尽管算得便宜，收藏的风潮已过。

当你真的拥有"过去"，思古之情就很难发作，更何况黄黄旧旧的，像酱油渍，像尿渍，也难以产生美感。你必须是身在当下，至少在潜意识里，那些印得光鲜的美女让你赏心悦目时，不一定是你对"过去"骤生怀想，而是你已经被置于"过去"里。当你更专注于美女的如花靥笑之际，"过去"在你的意识空间里构筑了舞台。但美女并非诱之以情色，而使你感到昔日之灿烂，于是反过来觉得目下的缺失。

怀旧诉诸精湛的文字或图像再现，诉诸某种颓废的情调。在福州路一家面馆里，四周挂着老上海图片，几张深黄的月份牌。桌子、碗筷都脏兮兮、腻兮兮。这不是怀旧，而是制造破旧。下面的锅台仿制"老虎灶"，也不伦不类。所谓老虎灶，是烧熟水的生意，售与居民，一分钱灌一热水瓶，我家的弄堂口原来就有一家。

想起曾经在芝加哥参加亚洲年会，住的旅馆营造十九世纪欧洲颓废气氛，挂满了比亚莱兹和兹·劳德瑞克的复制品。但你进不了那种情调，四周的灯太亮。

怀旧作为一种特定的文化现象，不仅须具备特定的历史条件，还受控于商品文化的权力运作与游戏逻辑。那些带学术性的商业操作，种种的有关老上海的资料和研究，以及那些商业化的历史记忆，如不注出处的老照片之类，给怀旧文化推波助澜。

由月份牌滋养的怀旧情调，根植于历史的不可模仿性。流行数十年的月份牌，美女们几乎一律地穿着旗袍，从清末长三堂子的时装一路演变下来，是跟民国时期的妇女家庭化息息相依。自从1958年解放妇女走出厨灶以

146

后,旗袍文化也就真正告终了。

月份牌美女成为都市理想生活的标志，背后是中产阶级的以小家庭为中心的一套价值系统。虽然这种文化是否真正实现或普及,仍有疑问,而且美女们无不体态丰韵,其实也是理想化的。到三十年代舞厅风行,舞女们依然旗袍风采,然而不免憔悴,眼带黑圈,如穆时英笔下的"黑牡丹"了。

迷你后现代

　　怀旧意识带有日常生活的政治性，凝聚着集体无意识，蕴含的是对于未来的向往。不过怀旧的文化含义更是发人深省，却是与老同学李祥年一席谈之后。

　　"为什么有人收集刚拆下的门锁窗框？为什么艺术家喜欢表现废墟？为什么胡同、弄堂的相册、画册络绎不绝？不光为的是制造想象中的昔日辉煌，更主要的是反映了人们对于当下的生存焦虑，也不光是竭力抓住有关生存的实在的见证，抵抗遗忘，也是为记忆建构堡垒，抗议外在的暴力。"

　　这番关于怀旧文化心理的深层开掘，令人动容，再一想，看来应当给怀旧商品分类，好像在月份牌这样的商品里难以见到这样的深度焦虑。

　　在街上闲逛，阳光下的淮海路、南京路，到外滩，怀旧的情绪找不到遮蔽,不得不烟消云散。走下新建的地铁道,一切都是新的,如果挂月份牌,你也会觉得是新的。搭乘过纽约、旧金山、波士顿等处的地铁,看惯了半老徐娘,不事修饰。在这里如此干净、整齐的地铁干线,仿佛真的所谓"资本主义的上升阶段",充满了喜气。

外滩,过去和未来隔岸相望。朝对岸望去,"东方明珠"的造型和中央圆球的紫色,令人想起小时候读《天方夜谭》的感觉。新建的高楼林立,取出刚从福州路上买来的明信片,是去年印的,已经赶不上时代,缺了几栋楼。

妙的是明信片上将"东方明珠"翻译成"The Oriental Pearl TV & Radio",觉得别扭。大约是因为萨义德《东方主义》(Orientalism) 一书,批判了西方对于东方文化的殖民主义偏见。如加州柏克莱分校原有"东方语言文化系",前几年就将"Oriental"改成"East Asian",于是称作"东亚语言文化系"。一字之差,硝烟弥漫。萨义德早几年就在中国走红,看来在"东方明珠"的翻译上,并未沾上美国的"政治正确"。

浦东开发区的后现代特征,首先也是以建筑为标志。色彩一律的淡雅,淡灰或淡绿,采用的是轻材料,看上去也潇洒。尤其是那座显然是模仿纽约帝国大厦的楼,大概因为远看的缘故,就觉得轻巧,像个模型。

背后是旧殖民时代的建筑物,也焕然一新。一到夜间,从陆家嘴朝北望去,海关大楼到沙逊大楼,火树银花,一派通明。这样的景致,在国外的大城市也见不到,哪怕在纽约第五大道,也无非是各点各的灯。我们这种公共力的展示,还是托了社会主义的福。

某夜,坐出租车上延安东路高架桥,一路上矗立的新楼,许多楼层黑着,显然是空关的。夜色特别黑,星光特别明,想想以前的景象,就越想越奇。等到车驶过外滩,左边一排建筑在绿光的笼罩中,对岸的东方明珠和其他高楼也掩映于缤纷的色彩里,在四周霓虹灯广告的烘托之下,颇有迪斯尼乐园的风情。

在这里无须怀旧,毫无疑问的是,在后现代的东风里,跨国资本和富有中国特色的社会主义创造了一个奇迹,一个后资本主义时代的橱窗,一个"迷你"式的"后现代"缩影,它需要那种迪斯尼式的色彩和幻象。

说也奇怪,原先准备回国时,想好要过一番怀旧的瘾。想去的地方包括张家花园、洋径浜、英领事馆、泥城桥、会乐里等。在上海生于斯长于斯几十年,从小就知道张家花园,就在我家附近,泰兴路也不知走过多少回。但这个花园在晚清的时候出过大风头,却是在海外读书才知道。

　　真的回到上海, 就换了一副眼镜。到郑州看我哥哥, 又给我另配了一副,就越觉得怀旧这件事不健康,所以张家花园还是没去,宁愿在图书馆找张家花园的资料,看来我的怀旧多半是纸上谈兵,文字游戏。

　　有一回在福州路购书, 见对面原来的会乐里已经全拆了,下意识地走过去。见一个老者在街边乘凉,似乎是个老上海,跟他有一搭没一搭的,也扯不上会乐里。又过来另一老者,臂戴红袖章,是个管街上车辆的。没说上几句,二老就大发牢骚,那种焦大的骂法,我听了心头仍有余悸。

2000 年 6 月 1 日

(刊于《上海文学》,2010 年 4 月号)

附　录

地下的浪漫:"文革"初期上海的 一个诗歌聚会①

　　我报告的题目,是有关"文革"期间的上海地下诗的,我也是当事人之一。已是三十五年前的旧事了,对我来说仍不堪回首。记忆像一口深井,储存着悲痛、憾恨和愤怒,欲提还罢。我很少说这些事,仅写过两篇文章,都是为了纪念朱育琳的,他英年早逝。

　　简单地说,在 1966 至 1968 年之间,朱育琳、钱玉林、王定国、汪圣宝和我,常常聚在一起,形成一个文学小会。当时我们都在读高中,除了朱育琳。看上去他比我们大十来岁,一直到 1968 年夏天横遭惨死,我们都不知道他的真实的身份。

　　通常是周末,我们聚在一起,在钱玉林的家里,谈论文

---

① 此文宣读于 2003 年 3 月 27 日美国亚洲年会。

学艺术。定国喜爱理论，圣宝专攻美术，玉林和我是写诗的，而朱育琳是我们的魂灵，我们对他十分崇敬，简直五体投地。他在五十年代初就读北大西语系，师从朱光潜，精熟英法文学，尤其是他翻译的几首波德莱尔《恶之花》，精美绝伦。我们是在一家福州路上的旧书店里认识的。在我的发表于1993年题为《天鹅——在一条永恒的溪旁》的文章里，写到那难忘的星期天早上：

　　几乎每个星期天，我们在那儿碰见。我们摸准规律，星期天总有新上架的旧书。早上店门一开，大家抢步冲向那几排文学书架；恨不得眼疾手快，却焦虑地看着不知什么好书已经让别人抓走，过不了几时，架子上就杯盘狼藉了。几回面熟陌生的，就交谈起来；只消提几个崇拜的名字，几首令人叫绝的诗，便敞开了各自的心扉。

　　"文革"爆发了，我们的集会并没有中止，直到1968年被红卫兵发现，打成"反革命小集团"。一个个都被抓起来，关押在光明中学里。朱育琳也终于被抓到，不消说，他属于"教唆犯"，更是罪加一等，遭到严询毒打，不出一两天，他死了，据说是跳楼自绝。于是红卫兵宣布了他的反动"丑史"说，他早就是人民之敌，畏罪自杀，死有余辜。

在这里我仅仅想提一个细节，起初没找到朱育琳，因为我们之中谁也不知道他住在哪儿。后来听说有人在某医院看到过他，红卫兵就在那家医院的病历卡上发现了他的住处。

1979年给朱育琳平反，在他的追悼会上我们知道，他死的时候，才三十四岁。

朱育琳翻译的波德莱尔，尽管在我手上仅存八首《恶之花》，但它们以精致的艺术质量，如一颗颗亮丽的宝石，见证了他的才华。1997年我写了另一篇评论他的译诗的文章，指出这八首诗达到了如严复所提出的"信、达、雅"的理想境界。由于译者对语言的特殊敏感和刻意锻造，使它们兼容文言和白话之美。这些译诗体现了一种范式，或许可为久陷于语言牢笼的现代诗提供了某种借鉴。如将他翻译的《厄运》同其他人译的比较一下，这首诗的精妙处就洞若观火。其之所以能传达原诗的深沉悲愤的神韵，全在于某种语言的力度。在使用现代的句式和语法时，却发挥了汉诗的凝练风格，且灵活使用了古典词曲的韵律，使现代语常有的松散得到了解救。

1967年秋天，在郊外的长风公园，我们放舟湖上，这张唯一幸存的照片，前面是朱育琳和钱玉林，后面是定国和我，缺了圣宝，因是他照的相。那天朱育琳带来了新译的波德莱尔不朽的名篇——《天鹅》。我们围坐在草地上，由定国朗读。在诗的末尾笔锋一转，那只堕落在巴黎闹市的孤独的天鹅，成为所有被损害被侮辱的象征：

> 我想起一个患肺病的黑女瘦瘦，
> 踯躅在泥泞中，用憔悴的眼睛，
> 在一片无际的浓雾之中寻求
> 　高傲的非洲，椰子树的逝影。

> 我想起一切失而不再复得的人，
> 不再！不再！想起有人吞声饮泪，
> 悲哀像仁慈的母狼哺育他们，
> 想起瘦弱的孤儿像枯萎的蓓蕾。

> 一个古老的"记忆"号角般吹响，
> 在流放我灵魂的森林里！
> 我想起水手被遗忘在荒岛上，

想起俘虏,被征服者……一切悲凄!

那天下午我们觉得快活,那些日子里罕有的快活,因为我们愈意识到危险在四周聚拢。我们为朗诵所感动,感到原诗的美和译文的美。但我们从没想到那只天鹅对于朱育琳的含意,也从没把他翻译波德莱尔同他的生涯相联系。我们对他并不了解,除了钦佩他的学识和文才。然而不多久由于他的死,天鹅才显示其意蕴。

然而,此刻当我站在这里又讲起了朱育琳,天鹅意味着什么?诗里的"一切悲凄"意味着什么?波德莱尔意味着什么?朱育琳又意味着什么?我无言以对。此刻,比往常更意识到人类的脆弱和诗的价值。今天下午,我从香港飞到纽约。这几天在香港,人们生活在传染性非典型肺炎(SARS)的恐惧里,可怕的程度不下于在另一块土地上正在进行的不义之战。香港人在祈祷,不仅仅为着他们自己。

来参加这个年会之前,我一度犹豫,打电话给我们的主席黄亦兵(麦芒),说我恐怕来不了。学校里的同事说,这个时候搭机去纽约,你不是疯了。你猜亦兵怎么回答?他不说是,也没说不是,却讲了他自己的故事。他说9·11事件那天,他在电视里看到世贸中心被一架飞机击中,他就开车朝纽约驶去。路上听说又给第二架飞机击中,他更加快了速度。亦兵确实是疯了,这正是诗。尤其是诗,不是红地毯,但不等同于死亡。相反的,诗拥抱生命,拥抱希望。被征服的应当是死亡,是恐怖,是暴力,而不是妇女,不是儿童,不是土地,不是石油。

我愿把我的报告献给朱育琳,献给死者,但也献给生者,给我自己。

此刻生者不可能与死者分离,死者更寄希望于生者,生者更寄希望于诗,尽管危如发丝。

现在我要谈的是我们的聚会的另一位成员钱玉林,现住在上海。我们志趣相投,都远离当时的革命诗风,而追求个人创造,都遵循浪漫主义传统,而路数不同。我的诗风宗的是李贺、李商隐、瓦雷里和波德莱尔,玉林受李白、普希金、惠特曼和济慈的影响,如《在昔日的普希金像前》:

迟了,我已经来得太迟!
在这路口,你曾经望远凝思——
我早就想来献上一束鲜花,

如今，只剩下一个空的基石。

在这黄叶飘飞的秋天，
在这你所陌生的国土，
你到哪儿去了？ 诗人，我在呼唤——
难道你又遭到了新的放逐？

是你真挚、热情地抒唱
最初唤醒了我心底的爱情与诗，
像是春天的一阵温馨的微风
为沉睡的田野吹来生命的种子。

那些邪恶的眼睛暗暗窥视着你，
像溃朽的堤岸想要拦住汹涌的海水，
啊，你朴素庄严的花岗石座
比亚历山大王柱要崇高万倍！

让无声的诗页熊熊燃烧吧，
不朽的是你韵律磅礴的音响；
真理既不能创造，也不能毁灭，

在火光中,我听见你豪迈的歌唱……

这首诗写于 1966 年秋, 原来在汾阳路和岳阳路交界的普希金铜像被红卫兵砸毁后不久。诗人在凭吊诗, 凭吊文明,心情沉痛。

我还有六十多首在 1965 年到 1969 年之间写的诗。如果说玉林的诗是明亮、忧伤而抒情的,那么我的诗走向幽暗、颓废和死亡。在《绣屦的传奇》里,从古史、诗词、小说乃至民间传说搜罗有关绣鞋的典故, 编织成一个凄婉艳情的梦,对于被"文革"所扫除的"旧文化"表现了"反动透顶"的迷恋,遂奏出悲悼历史的哽咽的主调:

> 长记那些奢靡而醉心的岁月,
> 沾染了欢宴时倾觥的酒珠,
> 浸湿了长门宫女夜怨的眼泪,
> 染成你如今残脂剥落的衰容。

> 像景阳楼早妆的钟声沉堕而消歇了,
> 像御沟水上的柳影在斜阳里消逝了,
> 地下的高唐客还怅望江上的云雨吗?

记取吧,铜驼夜哭于荒野的荆棘!

《瘦驴人哀歌》写于 1966 年,正当"文革"以雷霆万钧之势荡涤着每一寸土地、每一个灵魂,我却真的化身为一个李贺式的没落贵族,歌吟死亡:

> 骑着 羸弱的瘦驴 独自 纤缓地前行 唏嘘 哀吟
> 独自地唏嘘 哀吟在 暮秋 冥冥的 黄昏长程
> 冷冷的阴风 飘卷 飘卷着 霪雨的蒙蒙
> 风风雨雨 冷冷蒙蒙了 冥冥的 黄昏长程
> ············
> 听 一声 追逼着一声 狂迎 黑暗的践临
> 一声 摧残着一声 瘦驴儿 鬃毛 凛凛
> 摧残了 瘦驴的枯蹄 颓萎 战颤的神经
> 摧残了 我的憧憬 梦心 神魂儿 昏蒙 怔忡
> 冥冥的暮秋 黄昏 唯有 飘零的残叶 知明
> 羸弱的瘦驴 载行着 我的 破碎的梦心 哀吟
> 听 死神 凄凉的残笑 一声 摧残着 一声
> 狂迎那 黑暗的践临 是生命的 破钟 阵阵
> 敲碎了 我的憧憬 化成 阴风霪雨 冷冷蒙蒙

在我的创作中贯穿着对唯美和形式的近乎极端的追求。这首诗看似怪异,受到梁宗岱翻译的瓦雷里《水仙辞》的启迪,然而试图运用复沓的鼻音来营造一种哀吟的气氛。

不久,多半受朱育琳的启蒙,我迷上了波德莱尔,他的翻译成了我的《圣经》。于是逐渐摆脱海市蜃楼的幻境,而取材于现实生活,却在残酷环境的包围中,构筑另一种白日梦,折射出在深渊中心灵的躁动和煎熬,如《荒庭》:

> 当我独自一人默默而语的时候,
> 一只猛狮从灵魂的地狱里跳出,
> 戴着脚镣乱舞,发出震裂的怒吼,
> 暴突的眼睛把燃烧的光焰喷吐。
>
> 它要挣脱,回到自由的森林!
> 那里有成群的野狼向它屈膝。
> 但来了狰狞的狱卒,将它死命
>   鞭笞,它终于倒下,昏在暗角里。

啊！我精神的庭院已一片荒凉，
断垣颓墙被无情的风雨摧残，
从此不再有花红叶绿的繁荣。

像避暑者消夏在美丽的海岛上，
我的船帆曾安泊于梦的小港中，
如今它漂泊着，只剩海天苍茫。

这些残存的诗，见证了我们的蹉跎岁月，在白茫茫的尸布底下，却播种着野火和压扁的种子。我们的创作自觉同革命文学决裂，艺术上收获多少可以见仁见智，但大波回旋，我们义无反顾地表述了艺术的尊严及其形式的自主性，在文学上接续了中断的"现代主义"传统，文化上重返"世界主义"。

说到有什么特色的话，我想强调的有两点。一是受惠于上海特殊的文学文化环境。从福州路上的旧书店源源挤出"封资修"的奶汁，喂养了我们。虽然历经政治运动，但在那里仍能找到二三十年代出版的文学，不说那些傅雷、傅东华等人的大部译作，如何其芳的《预言》、巴金译的王尔德《快乐王子集》、朱湘的《番石榴集》等原版书，都曾

165

是我的锦囊中物。另一点是玉林和我都醉心沉潜于古典文学,都有意在诗中熔铸古今中外于一炉。

追 记:

从肯尼迪机场叫辆叉头赶着到下榻的希尔顿旅馆,离我们的报告专场还有一个多小时,总算一切顺利。

办好手续进了房,还在挂衣服,有人按铃,果然是黄亦兵。不消说一阵欢喜,仿佛大难不死。

"老陈,真有你的!"

"不让你做光杆司令嘛。"

"嗨,真叫我捏把汗,万一有个三长两短的,那怎么交代啊。"

"哪儿那么容易死。"

我们哈哈大笑。

风云突变,诗道人心依旧。亦兵还是这个样,风度翩然,长发委地。

黄运特也即刻到了,刚去过加州圣地亚哥,马不停蹄从剑桥匆匆赶过来。

这回来亚洲年会赶集凑热闹,纯是机缘,也是异数。

报告会审批通过，虽说不上百里挑一，也不见得说能就行。别看亦兵公子翩翩，却具将才，亏他运筹帷幄，搞成一个跨时空后现代拼盘，否则为什么要搞成清一色黄面孔？为什么全是男人？

本来是三个报告，亦兵讲多多和 1980 年代以来汉诗，我讲 1960 年代上海地下诗，梁志英 (Russell Leong) 讲北美亚裔诗歌，运特作讲评。志英在香港，本来就说好不来的，一场报告会安排两个小时，怎么打发？运特说他就多扯一些，他根本没准备讲稿，扯到哪里是哪里。

方城四缺一，也好，就凑个三剑客吧。志英不来，传给亦兵一首抗议侵略伊拉克、骂小布什的诗。

"要不要在会上念?"亦兵问。

"念! 天不会塌下来。"

我们口径一致，就算打上山门吧。

事实上挺惨，会场空落落，听众陆续进来，顶多不过二十来个。对整个四五天的年会而言，时间安排在第一个晚上，那是"暖身"时段，许多会员还没到。

更主要的是时局低迷，美国出兵伊拉克，反恐第一切，空路戒备森严，中国广州、香港等地爆发传染性非典型肺炎(SARS),全球一片恐慌。

看到几张熟面孔,心里宽慰许多。坐席里看见了孟浪,几年未见哈佛的同窗Alison坐在后边,还有在新泽西执教的沈双。想不到东京大学的藤井省三先生、德国海德堡大学的叶凯蒂先生,也坐在那里。

亦兵讲"朦胧诗",精致的解读带着第三代诗人的距离感,高屋建瓴,一枝独秀,而摘发幽秘之处,令人拍案叫绝,如果哪位朦胧前辈在场,一定会拈花微笑,快慰平生。

读了志英的诗,对于大小布什的讽嘲,颇有讽人之致,赢来几下优雅的掌声。

我事先准备了讲稿,匆匆忙忙写就,也没个收煞。故意拖场,边读边讲解,拉扯了半小时。准备了十来张底片,投射在屏幕上,长风公园的照片、朱育琳的波德莱尔译诗、钱玉林的诗、我的诗。打出几张手抄原件,如我的《瘦驴人哀歌》和梁宗岱的《水仙辞》等,把自己的书法也顺便夸了几句。

特别说到我变成了波德莱尔迷,屏幕上打出我从前的照片,在一座废院里,一树白玉兰旁,手拢一朵花凑在鼻尖。正当豆蔻年华,一脸的愁苦,那种唯美做作的样子,引起了一阵喧笑,尤其从几位年轻女生那儿。你在搞什么鬼?说什么提起朱育琳不堪回首,你这不是在搞笑?分明是讨好几个妞儿嘛。喂喂,别这么教条好不好?帮帮忙,朋友,这是在纽约,虽说是学术舞台,跟百老汇剧院差不了多少。她们没买票,可也不是跑来听你忆苦思甜,同你一起分享眼泪鼻涕的。好了好了,有什么可嚷嚷的,大家不都在后现代虚拟里讨生活?你还不是拿了公款来纽约跑一趟,回去大不了在履历上添一条记录?

现在轮到运特来收场了。他从我们的题目生发开去,天马行空,痛加发挥。看他却不慌不忙,从浪漫主义数典忘祖然后扯到后殖民扯到前现代又跳到女性主义跳到当下走红的帝国理论,别看运特的理论镖局里花拳绣腿应有尽有,他练的却是内家功,从不露真刀真枪。

想起他前两天发来的电子邮件(E-mail),特逗。说他即将告别哈佛,移教于圣地亚哥加州大学,那儿给他连升三级,何乐不为?他还在电子邮件(E-mail)里说:"有人说去哈佛是一半的成功,那么另一半成功就是离开哈佛。"

记得最清楚的是他批评西方汉学家读中国的现代诗,说好的是因为符合他们的政治标准,而我的诗命定得不到赏识,因为在那里找不到他们的中国形象,更何况在那儿充斥着繁复的音节和典故,必定给翻译带来挫折。

听到这里，我不由得心戚戚焉，不知应当高兴还是难过，但有一点我不曾麻木：运特毕竟是我少数心仪的哥们儿。

出了会场，一行人在百老汇大街上，已经九点多了。我们三个，还有孟浪、贝岭等，边聊边去找吃的。3月底的纽约，仍披着寒峭。闹区仍灯红酒绿，似乎才从9·11事件的噩梦醒来，但人为的寒峭袭来，无法阻挡。

麻烦远未消失，战争刚开始。

有人说他知道附近有一家中餐馆，价廉物美。于是我们跟着他走啊走，横穿了几条街，又竖穿了几条街，还是没找到这家餐馆。大家在风里叽叽呱呱聊天，也没来得及怪他。

孟浪几个月前来过香港，也是巧，和亦兵、志英、我都碰上了，于是聚在湾仔的"一品香"。当时有约，来春大家在亚洲年会再聚，且要交一部书稿。这也是亦兵的主意，每人写一座城市，好像是香港、上海、纽约、台北吧，怎么写都行，凑一个图文四城记。如今真的重逢在纽约，没人提起那本书。那晚酒酣耳热，赌咒发誓，还手指钩手指，大约跑出店门，这主意就随酒精蒸发了。

孟浪显得清瘦些,他仍在波士顿,他的诗妻杜家祁住在香港,所以隔不多久,不是孟浪去香港看杜家祁,便是杜家祁来波士顿看孟浪,两人的双城记唱得辛苦。

结果是,大家实在走乏了,饥不择食,走进一家在四十四街上的稍有门面的中餐馆,坐了下来。不光花销不菲,一碗阿木林兮兮的馄饨面,愈觉得难吃,也许是在香港住了一阵,我的嘴被养刁了。

事实上我只待了没两天工夫,就匆匆回港。飞机上已经变了个悲惨世界,人人戴上口罩,气氛肃杀。我也从包里找出口罩,学校给大家发的,但来的时候没戴,因为都不戴,不料就在这一两天里,传染性非典型肺炎(SARS)急转直下,香港给世卫封杀,成了孤岛,下机要填健康申报表。

乖乖地在座位上,蒙着口罩,作半死不动状,读志英的反战诗《非法言说》:

如果任何诗人,此刻
不能写一首好诗,好到
能阻止一颗两千磅的炸弹

诗人好在哪里？

想当初，或许一位诗人

能够天真地自赎

点燃一支白烛

唱一首老迪伦的歌

为了反战，祈祷或行进

从雪多花园

到美国使馆的铁门

警察用话筒警告我们

你们没有许可证

这是非法集会

2003 年 3 月 23 日

香港今天下雨

在七千公里之外

炸弹如雨炸毁巴格达和巴士拉

底格里斯河和幼发拉底河浸在血中

从布什——火暴老布什的儿子

如蝎之舌吐出

战争解放伊拉克人民
语言被俘，意义投降
言说不再解放人民
言说不再合法
在没有许可证的世界上

如果任何诗人，此刻
不能写一首好诗，好到
能阻止一颗两千磅的炸弹
诗人好在哪里？

真理不可侮
好自为之
别滔滔不绝
非法言说

　　就这么直译下来，也没给志英看过。志英是性情中人，难得的兼有清醒的批评意识。我和他没见几次面，通话也不多，但惺惺相惜，早已为之打开心扉。和他初会是因为亦兵，在金钟太古广场喝下午茶。其实我们都是洛杉矶加大的,我离开得早,他和亦兵久交成莫逆。

外观穿着显得随便和爽利,他的脸轮廓分明,其中有一种碧螺春般的细腻的温柔。你看不出他在北美文坛已是一位宿将,写诗和小说屡屡获奖。他说他在港大做客座访问,暂离洛杉矶是为了逃情。亦兵是知情者,就为我描述一些情节,惊险离奇之处不下于一段大卫·林奇的《妖夜慌踪》。不知什么地方突然触动了我的隐痛,开始诉说我自己的情事,絮絮叨叨的,自觉音调和眼皮快要失控,还是收不住。他俩没串通过,却不管三七二十一,哪怕枪口对着也要安慰我,要我相信这世界仍有希望,明天一定继续放晴。

志英不见得比我更实在,但语调平和地说,我们都已经过了中年,得自己好自为之,因此劝我戒烟、早睡、运动。去年6月回洛杉矶前,他在电话里还问我是否买了球鞋,是否开始锻炼跑步,有机会要带我去爬山。

记得去年春节,刘燕子、秦岚、赤崛由己子、林思云等一行从日本来港,要为蒸蒸日上的中日双语文学杂志《蓝》做个香港专辑,在我的科大的"塔窝"居处过除夕夜,孟浪夫妇、黄灿然、王敏也来了。亦兵已回美国,邀来了志英。我和他去车站接燕子她们的时候,买回一些食

174

品。他是素食者,挑了面筋、蘑菇等,专门做了一道菜,香美可口,放了不少麻油。

那晚过得畅快,宾主俱欢。过了午夜,送走燕子她们,在校园里遇见邓小桦、刘芷韵五六个学生。杜家祁在中大执教,主持诗歌写作班,小桦等都是她的学生,现在都成了香港诗坛的新秀。她们吃过年夜饭,余兴未尽,于是再回我的蜗居,唱啊跳啊,和孟浪夫妇、王敏他们没大没小地搞笑,着实闹了一场。

曲终人散,天也快亮了。女孩子们毕竟有良心,已经把碗碟都收拾好了,还留下一大束不知哪儿摘的草不草花不花的,放在一个临时找的瓶里。

说来奇怪,这束花草一放好几个月,不开也不谢,瓶里的水早已干了。

2004 年 1 月 31 日